Confessions d'un enfant de la gauche

Du même auteur

La Purge, Julliard, 2018 ; Points, 2020
Sourde colère, Julliard, 2020
La Mécanique du singe, Mialet-Barrault Éditeurs, 2022

« Quand on est convaincu que quelqu'un se trompe, que cette personne refuse de discuter, d'apporter des preuves en alléguant que tout un chacun a le droit de penser comme il veut, on ne peut pas être tolérant. Liberté de pensée ne signifie pas liberté d'errer et de divaguer. »

Antonio Gramsci,
Pourquoi je hais l'indifférence

Militer, une histoire de famille

Je suis de gauche. En fait, c'est pire. Je suis gauchiste. De naissance, excusez du peu. On m'a biberonné au *Discours de la servitude volontaire*[1], bercé à « L'Internationale », et torché le cul avec les *Mémoires* de De Gaulle, qui étaient bons qu'à ça, même si le papier était râpeux. J'ai vu le jour dans une famille au sang rouge et noir, un matin où on attendait le grand soir. De parents intellos, communistes dissidents, antiracistes pure race, féministes échevelés, écolos sauvages, montagnards enragés. De grands-parents athées qui avaient lu tout Lénine, et d'un arrière-grand-père héros de la Résistance, qui était gaulliste, le con, mais personne n'est parfait, et puis on lui pardonne, parce qu'après tout, à l'époque, combattre les boches ou combattre les nazis, c'était bonnet blanc et blanc bonnet.

Pas de messe le dimanche. Ma religion à moi, c'était la République, avec un grand R, comme dans Révolution. Dans mon château imaginaire des figures magiques, immortelles et sympas, Hugo, Louise Michel, Blum et papa Noël se tapaient la discute ; et pour fêter la gloire du grand Robespierre, on mangeait de la tête de veau tous les 21 janvier, histoire de refaire tomber la tête du roi dont on avait guillotiné la galette deux semaines plus tôt. Ado, mon père m'a fait cracher sur le Sacré-Cœur, à Montmartre, et méditer au Père-Lachaise sur le mur des Fédérés, pour garder en mémoire les martyrs de la Commune.

Je suis toujours de gauche. Je suis toujours gauchiste, mais je ne suis plus enfant de chœur de l'armée rouge. Adulte, j'ai des mauvaises pensées. J'ai lu Weber, et je me suis dit : pourquoi pas. J'ai dit du mal des syndicats. J'ai oublié l'odeur des lacrymos, moi qui ai fait les « Nuits debout » et qui marchais dans les manifs avant de savoir marcher. Est-ce que la tentation de la droite s'insinuerait en moi ? Et si mon âme était corrompue ? Oh mon Dieu, je parle d'âme et je dis oh mon Dieu. Mon cœur s'égare, mes cheveux tombent. Je dois rentrer en mon être à la rencontre du garçon que j'étais à sept ans. Il est venu, le temps d'écrire mes confessions, mes souvenirs encore tendres de cette enfance, celle d'une fleur de barricade éprise de discipline, mère de liberté.

I.

SOUVENIRS D'ENFANCE

On vivait à deux pas de la mer, sous le soleil brûlant de la Provence, où les piétons, jour après jour, affrontent les huées des gabians et les caprices du vent des fous. Martigues, quartier piéton, vue sur le pont-levis. Ma peau avait un goût de sel. Le ciel était bleu ciel quand le Ciel le voulait, bénédiction de la Bonne Mère ; il était jaune quand à La Mède, la raffinerie faisait du zèle, mais quoi ! belle vie sous les feuilles mortes quand je marchais jusqu'à l'école, suspendu à la main de mon père, et quand il avait honte que j'expulse à plein tube les chansons de cul de Brassens qu'il m'avait lui-même apprises.

J'entrais en CE1, on entrait dans l'euro. Chirac venait de battre Le Pen. Jospin était hors d'usage. À l'époque, tout était simple. Il y avait les gentils, les méchants, et coup de chance, moi, je faisais partie des gentils.

1.

MILITANTS, OU RÉSISTANTS ?

Mon enfance, c'est celle d'un apprenti résistant, d'un apprenti clandestin. On sait jamais, les nazis pourraient revenir. Traumatisme à jamais ancré dans ma famille de mon arrière-grand-père, Alfred Martin, qui avait connu les camps parce qu'un salaud l'avait poucave. Après la guerre, comme il était chef de réseau, on lui avait refilé la Légion d'honneur, oui madame, et la médaille de la Résistance, pardon monsieur. On l'avait bombardé directeur de ventes du *Provençal* et, surtout, directeur du cabinet de Gaston Defferre, rien que ça. Arrière-grand-papi était revenu du gaullisme, faut croire, pour s'occuper des petits papiers d'un ministre socialiste. Il pouvait pas le sentir. Il était convaincu que c'était lui, le salaud qui l'avait poucave.

Imaginez, alors. Entre deux : « Il ne faut jamais faire aux autres ce que tu ne veux pas qu'on te fasse », ma mère m'abreuvait de : « Résister est un verbe qui se conjugue au présent[1] » et de : « Un bon résistant est d'abord un résistant qui reste en vie », et, paradoxalement, de : « Certaines choses méritent qu'on se sacrifie pour elles. » L'amour ? Non. La dignité.

Pour mes parents, aucun crime n'était plus grave que celui des communistes qui avaient rendu leurs armes à la Libération. Libération ? Quelle libération ? Bien sûr, les boches étaient partis, alors y avait du mieux ; mais les banquiers, les capitalistes, ils étaient toujours là, eux, alors la guerre aurait dû continuer, non ? Grâce au Conseil national de la Résistance, on avait eu la sécu, et vous savez quoi ? On aurait eu vachement plus de mal à reculer l'âge de la retraite si y avait eu cent mille pétoires dans les placards des petits cocos qui avaient botté le cul au IIIe Reich.

Toutes les deux semaines, devant le *20 heures*, ma mère disait : « Mais c'est pas possible ! Ça passera jamais ! S'ils font ça, le pays va se soulever de toute façon. Ça sera la Révolution ! En tout cas, moi, je serai en première ligne sur les barricades ! » À l'époque, je voyais pas la contradiction entre la volonté de se faire tirer dessus par la police et le devoir de prudence de tout bon résistant. Faut dire, toutes les deux semaines, on y allait, dans les rues, pour gueuler contre Le Pen au deuxième tour en 2002 (« Plus jamais ça ! » MDR), contre le contrat première embauche, contre la guerre en Irak, contre la réforme des collèges et du bac. Et j'avais pas le sentiment de mettre ma vie en jeu. Y avait des mères et des poussettes. Y avait de la musique. On chantait des slogans, on agitait des drapeaux rouges et des pancartes en carton, on marchait deux kilomètres en rigolant, et puis on rentrait à la maison, en disant : « On lâche rien ! » Chirac devait sûrement se faire dessus, et son gouvernement avec. Pas un coup de feu n'avait été tiré, mais on avait conquis la rue, dans une grande démonstration de force. On était des héros, des libérateurs. Dignes de l'héritage de mon arrière-grand-père.

Le soir même, on apprenait à la télé que le mouvement s'essoufflait, qu'il y avait eu moins de grévistes et de manifestants que ce que les syndicats espéraient, que le gouvernement tenait bon et qu'il porterait courageusement sa réforme jusqu'au bout. Mes parents, ça les rendait fous. Pas le choix. Il faudrait se plier à la loi, comme font les vrais démocrates. Qu'est-ce qu'on pouvait faire d'autre ?

Ce qu'on pouvait faire d'autre, mes parents y avaient réfléchi très fort, inspirés par ce qu'ils savaient des méthodes de résistance passive que l'OSS, ancêtre de la CIA, avait imaginées pour aider les ouvriers à mettre les bâtons dans les roues aux boches. La grève du zèle, par exemple, qui consistait à suivre si scrupuleusement le règlement de l'entreprise que plus rien ne pouvait se faire sans signer quatorze documents en quadruple exemplaire. Devenir procéduriers, affreusement procéduriers, au point de noyer l'administration française sous sa propre paperasse, de pénétrer le secret bureaucratique, à la manière de monsieur Indestructible. Arracher un peu de mou en brandissant, parfois au bluff, et parfois non, des menaces de poursuites judiciaires. Ces méthodes, mes parents les avaient adaptées à la démocratie représentative. Ma mère avait compris que la seule chose qui foutait les miquettes aux maires, aux conseillers généraux, aux députés, c'était l'éventualité d'un gros scandale bien gênant pour les prochaines élections. Alors, dans leur temps libre, mon père et elle enquêtaient sur tout le monde. Ils creusaient, téléphonaient, discutaient dans les couloirs et les antichambres, sortaient les cadavres des placards, et surgissaient finalement avec des dossiers épais comme la Bible, accablants de preuves, qu'ils auraient pu envoyer au *Canard enchaîné* dont ils connaissaient très bien le rédacteur en chef (pas du tout), alors, attention… et quand les élus étaient bien verts, c'est-à-dire bien mûrs, ils leur présentaient tel réfugié qui avait besoin d'un titre de séjour, tel commerçant qui avait des difficultés pour trouver un local, telle femme battue en quête de refuge. Nager avec les requins, ça sortait de l'eau pas mal de monde.

2.

LE COMMUNISME, C'EST STYLÉ

Croyez-le ou non, j'ai vraiment le sentiment que tous les gosses bien élevés sont éduqués à être communistes. Si pour vous, c'était différent, dites-le, mais moi, quand j'avais sept ans, si je ne me servais pas de quelque chose, il était naturel de le partager avec qui le demandait, voire de le donner. J'en ai perdu, des règles, des stylos, et des bâtons de colle ! Quand on jouait au foot à la récréation et que tout le monde se prenait pour Zidane, faire des passes était plus important que de marquer un but. Le collectif avant l'individu, ça avait l'air banal.

Tellement banal que, quand on m'expliquait Marx, la différence entre propriété lucrative et propriété d'usage, quand on me définissait le salaire, la sécu, et la fonction publique, j'avais beaucoup de mal à imaginer qu'on puisse ne pas être communiste, surtout ouvertement. Dire « je suis de droite », ça sonnait comme « je suis égoïste ». Alors pourquoi ne vivait-on pas déjà dans le communisme ? Le communisme, c'était super stylé quand même.

Tiens, par exemple, quand j'ai appris que notre maison, c'était même pas notre maison, ça m'a fait tout drôle. Quoi, fallait payer pour habiter quelque part ? Tous les mois, en plus ? Ah ben tout de suite, ça expliquait pourquoi y avait tout plein de monsieurs et de madames qui dormaient dans les rues. Eh bien hop, un bon coup de communisme, et notre maison aurait été à nous ! Et hop, les clochards, on les aurait mis dans les maisons où y a personne qui habite ! Eh bien oui, dans le communisme, on ne possède que ce qu'on utilise. Tout le contraire de la vraie vie.

Dans la vraie vie, il y a des patrons, des actionnaires, des propriétaires, des banquiers. Des gens qui ont des entreprises, des maisons, des terrains, et qui n'en font rien. Des capitalistes. Des malins, les types : ils se font payer pour qu'on se serve de leurs usines, de leurs fermes, de leur argent. À quoi ça ressemble, un capitaliste ? À sept ans, c'était déjà très clair. C'est un gros monsieur, de quarante à soixante ans, avec un ventre comprimé dans un costume de luxe noir, qui a une cravate noire et une chemise blanche, une mallette noire, une voiture noire avec un chauffeur blanc, une maison blanche avec un portier noir, qui a parfois un cigare mais pas toujours, parce que fumer tue, et que les riches, ils aiment la vie. Monsieur de Mesmaeker, quoi. Ou le banquier du Petit Prince.

Et puis, il y a les autres. Les prolétaires. Ceux qui possèdent pas ce qu'ils ont. Les locataires, les salariés. Nous, quoi. Les gens. Et nous, quand on n'a plus d'argent, on part pas en vacances. On change pas d'habits, et on n'a pas de vêtements de marque. On mange des pâtes, avec ou sans bolognaise, qu'est-ce que c'est bon, les pâtes ! Et c'est tout. Pas de fusée pour aller faire du golf, pas de téléphone dernier cri, pas de manoir. Tout ça parce que des vilains monsieurs voulaient garder leurs villas au bord de la mer, leur chalet de Savoie, leurs coffres remplis d'or, et continuer de rouler en limousines. Bien sûr, à l'époque, je me rendais compte de rien. Quand on est gosse, on s'imagine pas que les parents galèrent. Quand on avait plus rien, on partait en forêt cueillir des fleurs, et on en faisait des salades. Les pissenlits, ça se mange, vous le saviez, vous ? Je préférais les biftecks, mais bon, je mangeais ce qu'il y avait dans mon assiette, sinon, j'aurais fait mourir de faim les petits Africains.

Marx disait que l'intérêt des prolétaires, c'était de se battre contre les capitalistes, et de tout leur reprendre. Que posséder quelque chose, ça devrait pas donner de droits sur les gens. C'est vrai, nous, à la récré, ça nous rendait malade qu'Enzo ait le droit de former les équipes parce que le ballon était à lui. Pourquoi on lui cassait pas la figure ? On était vingt que ça faisait râler. Faut dire, on avait peur des punitions, et puis, il aurait plus ramené le ballon, et bonne chance pour en faire acheter un aussi bien à nos parents. Enzo, il avait le ballon de la coupe du monde, avec les signatures de Zizou et Barthez ! Mais nos parents, pourquoi ils prenaient pas les usines aux capitalistes ? Pourquoi ils faisaient pas exploser les banques ? Pourquoi ils allaient pas à l'Élysée pour mettre une baffe au président, histoire qu'on nous augmente le SMIC et qu'on ait la retraite à 60 ans, et dix semaines de vacances ? Faut dire, il y avait la police, et puis, peut-être, les riches seraient partis avec tout leur argent, avec leurs usines, avec leurs fermes. Qui est-ce qui aurait payé tout ça ?

Sans les capitalistes, on serait foutus. Sans l'égoïsme des financiers, y aurait même plus d'argent. Sans les patrons, y aurait plus de travail – ben oui, on fabriquerait plus de téléphones si Martin Bouygues était pas là, et on aurait pas la télé si Bolloré s'en occupait pas. Comment on ferait, hein, pour regarder l'OM ? Faut bien que des bonnes âmes se sacrifient pour les autres.

3.

C'EST POUR QUAND, LE GRAND SOIR ?

Dis, maman, comment il fait, le père Noël, pour passer dans toutes les maisons du monde en une seule nuit ? Facile, il s'est acheté un traîneau de course tout rouge, avec tout plein d'accessoires, qui fonce dans le ciel plus vite que le Concorde. Devant le sapin, j'attendais en silence, sans insister. Comment on fait, pour dire à ses parents qu'on est au courant ? Faut se faire une raison : au pôle Nord, pas de barbu magique ni de lutins en esclavage ; et pour le savoir, pas besoin de s'appeler Sherlock. Déjà, parce qu'en grandissant dans une famille énergiquement athée, on a du mal à avaler qu'un truc magique fait pleuvoir des cadeaux sur les enfants riches, mais pas sur les pauvres. Et puis, parce que dans les catalogues où je découpais la photo des cadeaux que je souhaitais, papa Noël marquait le prix de la super nouvelle voiture téléguidée, et proposait de réserver pour la retirer plus tard au

Jouéclub du coin. Alors quoi, le service livraison du père Noël s'était fait uberiser, lui aussi ? Le traîneau était en panne ?

Et les ouvriers, maman ? Comment ils vont faire, pour renverser le capitalisme ? Facile, ils le feront d'un coup, tous ensemble, quand ils se rendront compte que c'est ce qu'ils doivent faire. Ça se fera comme ça. Le matin, capitalisme, le soir, hop, communisme. Mais on est sûr, maman, que ça va arriver ? Bien sûr, qu'on est sûr. Sûr de chez sûr, même qu'on a déjà trouvé un nom à cet événement à la fois historique et pas encore passé. « Le grand soir ». Ça en jette, non ? Quand ça arrivera ? Je sais pas, mais patience. Suffit d'attendre, les prolétaires finiront bien par se soulever.

Ah, ben s'il suffit d'attendre… autant s'y mettre tout de suite.

C'est vrai que le nom en jette. Le grand soir. Rien que ça ! Dans ma tête, le grand soir, ça ressemblait à une grande fête, où tout le monde sortirait dans la rue avec le sourire, parce que c'était la fin du grand capital. On mettrait des tables dehors, de la musique, et on se prendrait un apéro géant ; y aurait tout plein de rires, de saucisson, et des gressini avec de la sauce tzatziki, un vrai festin de début de mois ; et, qui sait, on pourrait même faire une sardinade, comme on l'avait fait l'été d'avant sur le marché au poisson du vieux port, même qu'on avait débordé sur la Canebière.

On marcherait en claquettes, parce qu'il ferait bon, et ce serait un peu comme des vacances. On ferait des bals dansants dans les usines, comme en 36[1], quand Blum avait signé les accords de Matignon[2]. D'ailleurs, est-ce que cette fois-là, c'était pas un peu le grand soir ? Après tout, on avait quand même fait les quarante heures, les congés payés, et quelques autres trucs très très communistes. Non. Le capitalisme était toujours là. Ça devait être le petit soir. Faut bien un coup d'essai.

Marx l'avait dit : l'histoire future était déterminée par l'histoire passée[3]. En quelque sorte, c'était comme si elle était déjà écrite, un peu comme dans *Fondation*[4]. Et du passé, il avait déduit qu'un jour ou l'autre, à force de tâtonner, les prolétaires finiraient bien par coller une mandale aux banquiers d'affaires, et qu'à ce moment-là, eh bien... gare à la revanche, messieurs les grands bourgeois ! En fait, c'était encore mieux que ça ! Le passé permettait de prédire qu'on se passerait du passé pour écrire l'avenir. On ferait « table rase ». Une manière de dire qu'on ferait comme si rien n'avait jamais existé, comme si le capitalisme n'était pas plus qu'un mauvais rêve. On passerait l'éponge, quoi. Ce serait plus pratique pour la sardinade.

Pour tuer le temps avant le grand soir, mon père sautait partout dans les couloirs de la maison en imitant la voix d'Ogeret[5] :

Les patrons qui nous horripilent,
Qui nous cherchent chicane et tracas :
C'jour-là faudra qu'ils s'tiennent tranquilles,
Sans quoi y aura des aléas.
On les enfermera en masse
Dans une grande caisse en bois sculptée,
Pour en faire de la ragougnasse
À grand coup d'machine à bosseler !
Ha ha !
Pendant c'temps, l'orchestre jouera la valse
des yeux au beurre noir,
Quand viendra l'matin du grand soir !
Et les chameaux d'propriétaire,
Fabriquant d'quittances de loyer
Qui nous fichent comme des loques à terre
Quand on n'a pas d'quoi les payer,
Nous autres on en f'ra des eunuques,
On leur coup'ra leur prétention,
Et si jamais leur femme reluque,
Ça s'ra nous qui les embrasserons !
Ha ha ha ha ha !
Elles auront tout un monde comme ça !
Et leurs maris tiendront l'bougeoir
Quand viendra l'matin du grand soir !

Le grand soir, c'est vrai, ça donnait envie. La victoire de tous les prolétaires ! Pourvu que ça vienne vite. C'est sûr que ce jour-là, Enzo, il arrêterait de former les équipes. On lui piquerait son ballon, et on ferait un foot sans lui, juste comme ça, pour voir ce que ça faisait d'avoir Enzo sur le banc de touche. C'est vrai, quoi, les autographes de Zidane et de Barthez, ça aurait dû être à nous tous, c'était notre bien commun, alors zut à la fin ! On nationaliserait le ballon, les autographes, les sweat-shirts qui servaient à marquer les buts, et ce jour-là, on ferait les équipes en votant, et comme ça, y aurait pas de jaloux.

Et vlan !

4.

CHUIS PAS RACISTE, J'AI UN AMI MARRON

Je suis de la dernière génération qui a écouté des cassettes. Je n'écoutais que les meilleurs. Ogeret et les *Chansons « contre »*, Ferré, et les textes d'Aragon d'une beauté à faire vibrer le cœur ; Perret, le roi de l'argot, Brassens, évidemment, que j'écoutais en boucle, Higelin, un peu, Regiani, beaucoup, Piaf quelquefois, et puis, il y avait Michèle Bernard. Michèle Bernard, pardon : Michèle Bernard. Son nom mérite d'être répété. Si vous ne connaissez pas, arrêtez tout, et foncez l'écouter. Elle a bercé mon enfance. Une voix chaude comme le miel, des airs toujours épicés d'une note tzigane, et des paroles… chacune de ses chansons est une pure merveille.

Trois caravanes sous la neige
Autour d'un grand feu,
Comme un immobile manège
Et des hommes entre eux,

Qui parlent une langue inconnue,
Étonnés que je sois venue,
Dans la gadoue chercher du miel
Au pays des Romanichels[1]

En français, bizarrement, on n'a pas vraiment de mot pour dire qu'on n'est pas raciste. À croire que ne pas détester les neuf dixièmes de l'humanité, c'est si exceptionnel que le français en perd son latin. Souvent, on dit qu'on est « tolérant ». Je hais ce mot de tout mon être. Comment ça, tolérant ? Comme si on faisait un effort particulier pour accepter l'existence des autres... Monsieur le bien-pensant tolère les étrangers. Il veut bien souffrir que les bougnoules figurent dans son paysage. Ils sont si pittoresques. Grand seigneur. Mais moi, je ne « tolère » pas les Arabes, les Péruviens, les animistes, les homos, les lesbiennes, les trans, les Angoumoisins. Je m'en fous, c'est tout. Parce que dans mon regard, ces différences ne font pas de différence.

C'était encore plus vrai quand j'étais tout gamin. Un jour, on sonne à la maison. Mon père me dit : « Arthur, va ouvrir, s'il te plaît. On attend quelqu'un pour manger. Mais attention : si c'est un Noir, surtout, tu le laisses dehors ! » Il plaisantait, bien sûr, parce qu'il savait très bien que c'était Mamadou qui venait manger à la maison, et moi, l'enfant sage investi d'une importante mission, je n'avais pas saisi la blague. J'y vais, j'ouvre la porte.

Un grand malabar bien baraqué, avec des dents d'une blancheur éclatante, bien alignées comme les touches d'un piano, et les cheveux tout raides, comme figés en plein milieu d'une explosion. « Tiens ! Salut Mamadou ! » et je le fais entrer. Mon père arrive, avec son faux air de me gronder. « Mais ? Qu'est-ce que tu fabriques ? Tu vois pas qu'il est Noir ? » Mamadou guette ma réaction ; et moi, avec mon plus grand sérieux : « Mais non ! Il est pas noir, il est marron ! » Explosion de rire des adultes. Non, je n'avais pas vu qu'il était noir. Et j'avais bien raison. L'acceptation des autres, c'est ça qui est naturel. L'intolérance, il faut travailler dur à l'installer pour qu'elle infecte le cerveau d'un enfant.

Oh, Maria Szusanna où es-tu ?
Dans quelle nuit t'es-tu perdue ?
Reste-t-il pour croquer ta vie, manouche,
Quelques dents dans ta bouche ?
Ah, de Varsovie à Saragosse,
Roulottes-tu toujours ta bosse ?
Si belle encore mais comme tes semblables
Toujours indésirable…

Je n'ai compris que bien plus tard le sens de ces paroles. À l'époque, le racisme ne faisait pas partie de mon monde, au point que je n'étais pas capable de le voir. À Martigues, je ne voyais que des Français, parce que pour moi, tout le monde était français. Je n'avais même pas compris qu'il existait plusieurs pays, alors, oui, je voyais des Français partout, des Français de toutes les couleurs ; mais pour les grandes personnes, il y avait bien trois populations : les Blancs d'abord, les Arabes et les Noirs, ensuite, et, enfin, tout en bas de l'échelle, il y avait les Manouches, les Gitans, les Roms, bref, les Gens du voyage. Dans ma classe, il y en avait deux, deux qui n'invitaient personne chez elles, deux qui étaient absentes tous les mercredis, deux que tous les jeudis, la maîtresse grondait devant tout le monde. Deux dont toute la famille était soumise au livret de circulation. Tous les trois mois, elles accompagnaient leurs parents et leur grand frère qui pointaient au commissariat. Elles apprenaient qui elles étaient. Pas des Françaises à part entière, non. Des Françaises à part. Sans carte d'identité. Qui n'auraient pas le droit de vote[2].

Je me rends compte, avec le recul, que cette petite inconscience, disons cette innocence, était assez terrible. À l'école, je ne comprenais pas pourquoi Lucas disait que Karim puait, et bien sûr, Karim ne voulait pas me l'expliquer. Quand je lui posais des questions, son visage devenait sombre. C'était assez violent, en définitive. Ne même pas voir les races, ça m'empêchait de voir le racisme. Je ne l'aurais sans doute pas occulté si je n'avais pas été blanc. Mais qu'aurait-il fallu faire ? Je crois que si Karim était un copain de classe, ce n'était pas malgré mon incapacité à percevoir en lui l'Arabe, mais au contraire parce que je ne voyais en lui rien de plus qu'un type sympa et drôle, et un plutôt bon gardien de but. Aujourd'hui encore, je persiste à penser que la naïveté que mes parents entretenaient chez moi valait mieux que la tentation toute humaniste de s'improviser protecteur des races opprimées, et ainsi de justifier la domination des Blancs d'une façon plus pernicieuse encore.

Quand mes parents me parlaient du capitalisme, ils citaient très souvent des figures de gauche du XIXe siècle ; quand ils parlaient de racisme, Ferry et ses copains disparaissaient sans laisser de trace. À la place, ils me parlaient de Blum[3] et de son discours sur les réfugiés espagnols. Ils me parlaient des résistants, des antifas, des Justes, comme si tous les communistes l'avaient toujours été. Selon les sujets, mes parents me faisaient changer d'ancêtres politiques ; ça me permettait de croire que notre héritage idéologique n'avait aucune zone d'ombre. Je pouvais m'enrouler dans le drapeau rouge sans qu'il ne me démange. Je croyais que tous les communistes se joignaient à Aimé Césaire[4] pour condamner la colonisation. Je croyais que les communistes étaient tous dreyfusards. Je croyais que tous les communistes étaient à l'image de l'internationale. Que notre famille était celle des bras toujours ouverts et qui faisait d'un étranger un proche, d'une différence une richesse. Quel choc, en cours d'histoire, d'apprendre que le grand Jules Ferry[5], tout républicain et athée qu'il était, avait légitimé la colonisation ! D'apprendre que même après la guerre, le parti de la Libération avait trouvé le moyen de s'abaisser[6] au niveau des rescapés du nazisme[7], qui fondaient déjà leur haine raciale sur des pseudo-arguments économiques[8].

S'il y a bien une chose dont je suis heureux, c'est d'avoir conservé un peu de naïveté de mon éducation. J'aime que les couleurs ne soient que des couleurs. J'aime aimer toutes les couleurs. Marianne est bien plus belle avec une peau d'Arlequin.

5.

LE FÉMINISME, OU COMMENT RENDRE LES MECS HYSTÉRIQUES

Ma mère disait toujours que tenir la porte aux femmes, ça servait à les enfermer à la cuisine. Que la galanterie, c'était surtout un truc pour faire plaisir aux hommes, une invention des « mecs sévèrement burnés » qui s'autoproclamaient protecteurs de la gent féminine en échange de sa soumission. Ça me laissait perplexe. Déjà, parce qu'à mon sens, on devait tenir la porte ouverte, pas fermée. Et puis, parce qu'à la maison, c'était surtout mon père qui faisait la cuisine. Alors qu'il lui tenait la porte. D'ailleurs, mon père, il faisait beaucoup de choses. Le rangement. Le ménage. Les courses. C'était lui, aussi, qui conduisait la voiture. Ça énervait ma mère. Elle trouvait que c'était machiste. En réponse, lui, il poussait de grands soupirs à défriser le Mistral, et puis, il lançait des « ah, les femmes ! ». Il le regrettait presque toujours : ça plaisait pas trop à ma mère.

Après l'école, en même temps qu'on mangeait la carbonnade flamande de mon père, ma mère me faisait un cours du soir. Un cours d'Histoire, bien sûr, un cours d'Histoire du féminisme. D'abord, il y avait les dates. 1936, Front populaire : premières femmes secrétaires d'État. 1944, droit de vote des femmes. 1965, droit des femmes à ouvrir un compte bancaire, et à travailler sans demander l'autorisation à leur mari. 1967, légalisation de la contraception. 1975, droit à l'avortement. Les dates nous amenaient aux noms : Louise Michel, la révolutionnaire, l'intellectuelle, la femme de lettres et de courage. Emmeline Pankhurst, la suffragette. Simone Veil, la seule femme de droite à qui ma mère aurait serré la main. Lucie Aubrac[1], la résistante, Marie-Claude Vaillant-Couturier[2], la résistante, Charlotte Delbo[3], la résistante, Marie-Madeleine Fourcade[4], la résistante, et d'autres résistantes, tellement de résistantes qu'on aurait dit qu'il n'y avait eu que des femmes pour se battre contre les boches, alors, c'est vrai, les femmes avaient bien mérité le droit de vote, merde à la fin ! Mais maman, j'ai rien dit, moi, je m'en fiche que les femmes votent, ah tu t'en fiches que j'ai le droit de voter… Ben voyons ! Finis ton assiette et tais-toi maintenant, je t'apprends des choses, histoire que tu deviennes pas macho, ah, ça non, c'est hors de question que tu deviennes un petit macho, parce que, hein, les machos, c'est les parents qui les fabriquent. À ma gauche, un long soupir.

— Ah, les femmes !

S'ensuivait un vif réquisitoire, que j'esquivais en me replongeant dans la sauce. Le tribunal matrimonial faisait le procès de mon père. Il plaidait innocent, et sauf exceptions, il s'en tirait quasi blanchi. Quasi. Il n'était pas un gros macho. Le pire était évité. Il était seulement « un peu macho sur les bords » : infraction mineure. La maternelle magistrate se contentait le plus souvent d'un rappel à la loi, d'un avertissement, et parfois, d'un blâme. Le défendeur était mi-soulagé, mi-dégoûté. Il n'aimait pas que la procureure soit en même temps la juge.

J'avais toutes les peines du monde à saisir ce qui mettait autant ma mère en rage. Après tout, les femmes avaient le droit de vote, le droit d'ouvrir leur compte bancaire, d'avorter, de divorcer, de se présenter aux élections, de se balader en pantalon, en minijupe, en combi de ski, alors, quoi ? L'égalité hommes-femmes, c'était toujours pas une affaire classée ? Non, bien sûr. Même aujourd'hui. Paradoxalement, les violences[5] faites aux femmes sont en augmentation[6] ; comme si l'émancipation politique des femmes rendait complètement fous les ayatollahs de la quéquette. Les inégalités de salaires persistent[7], et, comme de bien entendu, la représentation des femmes en politique est loin de l'égalité[8], y compris à gauche[9].

Je crois qu'au fond, c'est ce dernier point qui attristait le plus ma mère. C'est ça qui la mettait en rage. Elle aurait préféré que le sexisme soit une chasse gardée de la droite. La gauche, c'était censé être le progrès. Y avait des gens assez en avance pour lutter contre le capitalisme, la finance, la ségrégation raciale, mais trop cons pour être féministes ? Quand est-ce qu'ils allaient se mettre dans le crâne que les femmes aussi ont un cerveau ? Vingt-cinq ans avaient passé ; pourtant elle en voulait encore au communiste en chef de la façon dont il parlait de sa femme[10]. À croire que Georges Marchais avait pas lu Engels[11] et Marx[12], qui déploraient pourtant la soumission des femmes, et montraient qu'à l'égal des hommes, ou plus encore, elles souffraient du capitalisme ; à croire que Georges Marchais n'avait pas eu ma mère pour mère.

Au bout d'un moment, il fallait bien, pourtant, que la tension retombe. Au dessert, elle enterrait la hache de guerre.

— Bon… on passe à autre chose ? C'est l'heure des infos.

La télé s'allumait sur le JT de 20 heures. Ségolène Royal, candidate à la primaire socialiste, faisait un meeting[13] ; et le reportage faisait :

… tenir deux jours encore. Ségolène Royal ignore les attaques de ses adversaires, et les accuse de machisme. Il y en a pour Laurent Fabius :

— J'entendais l'un des compétiteurs, comme on dit, se demander : « Mais qui va garder les enfants ? »

Et il y en a pour Dominique Strauss-Kahn :

— … et j'écoutais l'autre compétiteur dire, à la fin du débat sur l'Internationale : « Elle aurait mieux fait de rester chez elle au lieu de lire ses fiches cuisine ».

Je ne sais pas si pour être résistant, il faut être une femme. Mais pour être une femme, il faut être résistante.

6.

DIEU PRÉFÈRE LES ATHÉES, C'EST JÉSUS QUI L'A DIT

Mes parents ne m'ont pas baptisé. Ils trouvaient la pratique étrange et archaïque, et avant eux, mes grands-parents et mes arrière-grands-parents trouvaient aussi étrange et archaïque de vivre suivant les sacrements des catholiques. Pourquoi diable me sortir du berceau, et me conduire devant le curé, et me tremper dans la flotte ? Pourquoi me faire subir une messe ? Pourquoi me faire découvrir l'ennui avant que la vie me l'impose ? Quitte à me faire prendre un bain, autant le faire à la maison. Il y faisait plus chaud, il y avait plus d'intimité, loin du regard de Dieu et de ses employés. Tant pis pour la religion, je grandirais athée. Que voulez-vous, je n'y peux rien : c'est la démocratisation de l'eau courante qui m'a condamné aux flammes de l'enfer. Foutue modernité.

Papy Marx disait que les religions, c'était un genre de drogue qu'on donnait aux prolétaires. Un truc qui leur donnait de l'espoir, pour les aider à supporter la domination des bourgeois. La vie était dure, mais pas d'inquiétude : après la vie, si on était bien sage et qu'on obéissait tout comme il faut aux patrons, on serait récompensé. On n'aurait pas de retraite, il faut pas abuser… mais tout comme : on aurait droit à une vie après la mort, sans les patrons. Sans les patrons : le paradis, quoi. Il disait que si les prolétaires, ils arrêtaient pas de croire en Dieu, ils n'arriveraient jamais à se mobiliser contre les capitalistes[1]. Ma mère, elle, disait qu'il valait mieux que le ciel nous tombe sur la tête plutôt que le bon Dieu nous pisse dessus. Que si Dieu existait, il faudrait lui demander pourquoi il ordonnait aux gens de se raser la tête, de se séparer le prépuce de la mer rouge, de lapider des filles, de se mettre à genoux, de faire la guerre. Pourquoi il avait interdit la capote en plein boum du sida. Pourquoi il qualifiait l'avortement d'infanticide[2]. Je savais pas ce que c'était, le sida, et la capote encore moins… l'infanticide, c'était sûrement un truc pour éloigner les insectes ? En tout cas, ça avait l'air grave. Ce que je savais pour sûr, moi, c'est que si Dieu s'en prenait à la loi Veil, ma mère allait le priver de dessert.

Souvent, mes parents se moquaient des grenouilles de bénitier qui se revendiquaient à la fois chrétiens et de droite. Chrétiens de droite ? Opposition dans les termes. Est-ce que les calotins avaient bien lu la Bible ? Est-ce qu'on pouvait croire en les Écritures, et défendre le règne du chacun pour soi ? Les riches, ça les dérangeait pas. Ils avaient l'habitude de tout avoir : l'argent et les mains blanches, le pouvoir et la bonne conscience, la belle vie avant la mort, le paradis après la vie. Pourtant, le Dieu du *Nouveau Testament* avait pris un virage à gauche assez vénère… peut-être qu'il avait changé d'avis parce que son fils, dans sa crise d'adolescence, avait fait adhérer toute la Judée au Front populaire ? Jésus l'avait peut-être convaincu de changer de politique. Ou alors, il était tout simplement en colère, parce que les patrons de l'époque avaient dit à Jésus de faire une croix sur le partage ? Quoi qu'il en soit, à la différence des catholiques, qui s'étaient mis d'accord pour soutenir la monarchie[3], le dieu des chrétiens s'était mis à punir les rois, les négociants de luxe, et les marchands d'esclaves[4]. Alors, chrétien et de droite… vaste blague.

Il y avait bien, pourtant, un chrétien de droite qui était chrétien, et que mes parents aimaient bien malgré tout. À la télévision, on voyait, parfois, l'abbé Pierre balancer des « ta gueule » en direction de Le Pen ; expliquer que c'étaient les Arabes qui avaient reconstruit la France après la guerre[5], camper sur un trottoir pour empêcher l'expulsion de miséreux[6], ouvrir ses portes à tous les sans-abri[7], et même, dire que l'Église n'en faisait pas assez pour secourir les nécessiteux[8]. Certes, il était chrétien, ça ne faisait aucun doute. Mais alors : l'abbé Pierre était-il bien de droite ?

— Bah, de droite ou non, ça reste un curé... un jour ou l'autre, on entendra sur lui des accusations de pédophilie ou d'agressions sexuelles. Les saints tiennent jamais la longueur. Il faut toujours que le masque se fissure.

Un simple mot en l'air, avec un air de prophétie[9].

À la maison, personne n'était anarchiste, mais on reprenait à notre compte les slogans les plus durs à l'égard de l'Église, parce qu'on savait qu'elle était, par principe, elle qui défendait la loi divine, l'ennemie acharnée du gouvernement du peuple par le peuple. *Ni Dieu, ni maître*[10]. *Si Dieu existait, il faudrait s'en débarrasser*[11]. *On pendra le dernier bourgeois avec les tripes du dernier prêtre*[12] *!* Le dernier, on le réservait pour les moments de mauvaise humeur, par exemple devant les infos, quand on voyait le Pape marcher sur quelque tapis rouge, parce que ça nous irritait de nous dire que Rome venait encore se mêler de la politique des démocraties. C'est vrai, quoi, on était laïque, à la fin ! Laïque ! On s'en foutait royalement de l'avis des calotins.

Pour mes parents, la séparation des Églises et de l'État était une étape incontournable de la transformation de la France en patrie des Droits de l'Homme. Moi, ça me faisait tiquer. Les églises ? Comment ça, les églises ? Y avait pas plutôt l'Église ? Ça me laissait perplexe.

— Mais non, Arthur... il y a plein de religions différentes !

C'était pas évident à comprendre. Pour moi, y avait les gens qui croyaient en Dieu, qui attendaient le jugement dernier, et qui étaient un peu bêtes parce qu'ils arriveraient jamais à se libérer du capitalisme, et puis, il y avait les gens qui croyaient en Marx. Les athées, quoi. Ceux qui avaient arrêté de croire en la magie. Ceux qui attendaient le grand soir.

Et puis, à l'école, il y avait Karim. Un jour, je ne sais plus pourquoi, il m'avait parlé de ça.

— Dis, Arthur... Tu crois en Dieu, toi ?

— Moi ? Ben non, je suis pas idiot !

— Ah, ben tu me rassures ! Bon, et du coup, tu crois en quoi, toi ?

— Ben, en rien.

— En rien ? Mais... comment tu fais ?

— Ben je viens de te le dire, je crois pas en Dieu... pourquoi, tu crois en quelque chose, toi ?

— Bien sûr ! Je crois en Allah !

— Allah ? C'est qui ?

Ça devait pas être un marxiste : j'en aurais entendu parler.

— Mais... Arthur... qu'est-ce que tu vas devenir après la mort ?

— Ben, je sais pas.

C'est sûr que quand on croit pas au paradis, on est pas pressé de passer l'arme à gauche. En fait, même quand on y croit... Comme quoi, y a des doutes, quand même. Le soir, à la maison, je m'étais renseigné ; et mes parents m'avaient fait m'installer devant la table basse, comme d'habitude quand ils avaient un truc grave à me dire ou à m'expliquer. Est-ce que j'allais me faire gronder ? J'avais peut-être fait quelque chose de mal ?

Apparemment pas. Mais cette fois, c'est vrai, il valait mieux que je sois bien assis, parce que les religions, c'était la grande révélation. Les cathos qu'on voyait partout, en fait, ils avaient même pas le monopole de Dieu. Dans le monde, à part les athées, il y avait : les catholiques, les protestants, les orthodoxes, les juifs, les musulmans, les hindouistes, les taoïstes, les animistes, les bouddhistes, les shintoïstes, les chamanistes, les stop, maman, ça va trop vite, comment ça y a tout ça ? J'en ai jamais vu, moi, des... comment tu dis, des zoroastriens ? Ils font quoi, eux ? Ils dessinent un Z à la pointe de l'épée sur l'abondant bidon du sergent Garcia ? Et... quoi ? Les musulmans, leur religion c'était l'islam ? Pourquoi ils s'appelaient pas les islamistes alors ? Sans compter que certains avaient le même dieu, mais priaient pas pareil, parce que, selon qu'il parlait grec ou arabe, l'archange pouvait s'appeler Gabriel ou Jibril, et que ça faisait des histoires, parce que les musulmans continuaient de dire que c'était Mahomet qui avait amené le message de paix, et que c'était qu'un plagiaire de Jésus qui avait dit de s'aimer les uns les autres, et que Jésus, il était là avant, non mais des fois. Des disputes qui se finissaient par des croisades qu'on s'envoyait en plein la margoulette, et des selfies souvenirs de militaires souriant sur les ruines de la vieille Jérusalem. Y avait même eu en France des chrétiens pour se tuer entre eux[13] au lieu de faire la révolution, comme l'auraient fait les prolétaires au lieu de s'unir contre les banques.

Aujourd'hui, j'ai le cœur encore plus tranquille. Il paraît que le Dieu qui existe pas aime tous ses enfants, et, vous savez quoi ? Il aime encore plus les enfants qui ont grandi dans l'idéal des partageux, des communistes, des anticléricaux. Dieu préfère les athées, et c'est le pape qui le dit[14] : il vaut mieux être un athée pratiquant qu'un catholique tartuffe… conviction que j'avais déjà acquise, à l'époque, devant la table basse où mes parents m'entretenaient des sujets graves. Ce soir-là, dans ma chambre, avant de m'endormir, j'avais dans les oreilles une drôle de comptine. Laïcité[15], laïcité… comme une chanson douce pour terminer les guerres civiles. Cette nuit-là, en m'enfonçant dans le matelas, je comprenais enfin les paroles de Leprest. qu'on écoutait, parfois, avec l'auto-radio. J'étais bercé par Solleville[16].

Je ne te salue pas
Toi qui vis dans les cieux
Athée, j'habite en bas

De ton toit prétentieux
En fumeur de havane
Gros beauf qui te pavanes
Au milieu des charniers
Avec tes dobermans
Je ne te salue pas
Toi qui te crois mon Dieu
[…]
Je ne te salue plus
Toi qui vis dans les nues
Si ton plafond s'effondre
Épargne un peu le monde
Mais qu'au moins soient sauvés
Ceux qui savent leurs avés
En ce qui me concerne
Je balance un pavé
Un pavé rouge et bleu
Dans la vitre des dieux

7.

AU SECOURS, LA PLANÈTE BRÛLE !

— *Le réchauffement climatique est engagé du fait de l'activité humaine. Il nous menace d'une tragédie planétaire. Il n'est plus temps de jouer chacun pour soi. Le réchauffement climatique est encore réversible. Lourde serait la responsabilité de ceux qui refuseraient de le combattre. Notre maison brûle… et nous regardons ailleurs. Nous ne pourrons pas dire que nous ne savions pas. Prenons garde que le* XXI*e siècle ne devienne pas, pour les générations futures, celui d'un crime de l'humanité contre la vie*[1].

Coupure du son. Atterrissage brutal de la télécommande.

— Dis maman… le président, il est devenu communiste ?

— Chirac ? Ha ! Ça risque pas !

— Mais il a dit qu'il fallait arrêter de jouer solo !

— Mais tu sais bien, lui, c'est super-menteur.

— Ah, d'accord.

— Et puis les communistes et l'écologie, tu sais…

La pollution, quand j'étais môme, je voyais très bien ce que c'était. Vraiment très bien. Et de très près. On en parlait partout, tout le temps. Chaque année, les éboueurs passaient en classe pour nous expliquer comment effectuer le tri sélectif. La maîtresse nous parlait du cycle de l'eau, et de la contamination des nappes phréatiques. À l'école, on ne faisait pas d'exercice d'évacuation incendie. À la place, on faisait des exercices de simulation de fuite de gaz de la raffinerie Total du coin : on rentrait calmement dans le bâtiment principal, on fermait les portes et les fenêtres, les enseignants bouchaient les aérations, éteignaient les lumières, et on attendait, assis sur le sol, dans un couloir. Sur un dépliant, distribué aux habitants, la mairie expliquait aux gens qu'en cas d'accident industriel, ils ne devaient pas aller chercher leurs enfants à l'école.

Il était pratique comme tout, ce dépliant. Il nous disait quoi faire en cas de pépin. On allait peut-être pas sauver la planète, mais au moins, on saurait quoi faire quand mère Nature viendrait se venger. Y avait un plan de sûreté pour tout, parce qu'à Martigues, tout pouvait arriver : catastrophes sanitaires, accidents technologiques liés au transport de matières dangereuses, accidents industriels, mouvements de terrain, inondations, feux de forêts, séismes, tsunamis[2], oui, tsunamis, je vous jure que je ne plaisante pas, avec des instructions à suivre, telles que : « Ne pas rester observer la vague. » Forcément, la montée des eaux, ça nous parlait.

Aujourd'hui, ça semble banal. On peut pas être de gauche sans être écologiste, sauf à passer pour le dernier des staliniens. En fait, ça vaut pour tout le monde. Polluer, c'est *has been*. Même TotalEnergies essaye de se faire passer pour le champion de la planète[3]. Mais à l'époque, les écolos, c'était l'extrême gauche marginalisée. Une bande d'originaux, d'amis des animaux, de promeneurs champêtres. Y avait les communistes, la gauche sérieuse qui faisait peur, et puis il y avait eux, la gauche qui faisait rire, celle qu'on trouvait sympa comme on trouve sympa le pote un peu con-con de la bande. Personne n'avait voté pour la moustache de Noël Mamère, alors que, quand même ! Quelle moustache ! La décroissance, la transition énergétique, même les anticapitalistes trouvaient ça exotique. Quoi, parce qu'un jour, y aurait plus de pétrole ? Plus de poissons à pêcher dans la mer ? Les glaciers qui fondent, les eaux qui montent, les pandémies… et pourquoi pas l'apocalypse, tant qu'on y était ? Dans le programme de Robert Hue, le mot « écologique » n'apparaissait que deux fois, comme des incantations dans des phrases vides de propositions concrètes[4]. Faut dire que dans la Bible, Marx avait rien écrit sur le sujet, alors, pour les cocos rigoristes, le problème ne pouvait pas être la production de richesses. Pour eux, le seul sujet, c'était le partage du gâteau, et tant pis si le gâteau avait un goût de béton. Tant pis pour la forêt amazonienne, de toute façon, personne n'y était jamais allé, alors… Au fond, qu'est-ce qu'on en avait à faire, de Bébert l'ours polaire ? Il pouvait bien disparaître. La température pouvait bien s'envoler, on se débrouillerait toujours pour s'en sortir, nous les primates civilisés. À chaque problème sa solution. Si à l'avenir, il faisait trop chaud, on n'aurait qu'à se réfugier au rayon frais du Super U.

Les dinosaures avaient eu des météorites, la faute à pas de chance. Nous, on aurait des nuages de gaz toxiques, des explosions, des tremblements de terre, la faute à nous-mêmes. La faute à notre cupidité. Mais est-ce qu'on avait le choix ? On n'allait quand même pas revenir au Moyen Âge. Fallait aller de l'avant, suivre le progrès technologique. On allait quand même pas se contenter des brocolis, du vélo, et des sacs de course en tissus. Se priver de faire pipi-caca dans l'eau potable ? Manger moins de saucisses-merguez ? Et puis quoi encore. Autant se priver de la civilisation. Marx l'avait dit : c'était la nature même de l'homme de transformer la nature selon son désir[5].

Quand je repense à cette époque, je peux pas m'empêcher de sourire. Ils sont fortiches, les écolos. Ils ont réussi à convaincre des gauchistes qu'ils devaient changer d'avis, et c'était pas gagné d'avance. On est têtu, à gauche. Quand les rouges ont intégré que la destruction de la planète, c'était un truc de capitaliste, ils sont devenus verts. Bilan : y a plus que quelques staliniens sauvages, et bien sûr, l'extrême droite, pour être encore ouvertement anti-écologiste. Tout est rentré dans l'ordre. On a rendu la bêtise à ses défenseurs historiques.

8.

COMMUNISME LV1

À Martigues, le foot, ça déchaînait toutes les passions. Tous en maillot bleu, on formait deux équipes : l'OM contre l'OM. Pas de jaloux. On disait que l'important, c'était de bien s'amuser ; et on aurait tué pour gagner le match de la récré de dix heures. Alors, quand on se prenait un but, ça nous mettait en rogne, et les copains se mettaient à gueuler :

— Mer... credi !

— Pu... rée !

Comme je jouais ni défenseur, ni gardien, en général, je ne disais rien. Et puis le ballon était réengagé, Mathieu faisait un petit pont à Enzo, et ça, c'était vraiment cool parce qu'Enzo, il était plutôt fortiche ; après, Mathieu, il me faisait une passe longue, et là, je tirais de toutes mes forces... à côté des cages. Y a pas à dire, j'étais vraiment nullos en shoot. Évidemment, Mathieu était déçu :

— Mince !

Moi aussi, j'étais déçu :

— Putain de bordel de merde, fait chier, encore raté ! La con de ta mère, je suis vraiment qu'un connard !

Interruption du match. Mathieu, Karim, Enzo et Bassem me regardaient tous de travers.

— Heu… Arthur, ça va ?

À l'école, les copains évitaient de dire des gros mots. Leurs parents étaient très attentifs à la modération verbale. Enzo et Karim, ils se seraient sûrement pris une baffe s'ils avaient dit ne serait-ce que zut. Le père de Mathieu, il lui aurait retiré son argent de poche. Même Bassem, qui était pourtant un bagarreur et qui faisait peur à tous les garçons, il s'était fait tirer l'oreille devant tout le monde par sa maman à la sortie de l'école parce qu'il avait dit à une fille qu'elle était bête comme un porte-avion. Mais moi, c'était vraiment pas pareil. Dès mes premières années, je pouvais dire merde sans crainte de représailles. J'y étais presque encouragé, tant les jurons fusaient devant le journal télé.

— Arthur ?

— Heu…

— T'es fou, ou quoi ? Dis pas des gros mots comme ça !

— Laisse tomber, Mathieu.

— Mais, heu, attendez ! Vous savez, moi, mes parents, ils s'en battent les couilles que je dise merde.

— Ha ! Il l'a encore dit !

— Mais…

Trop tard. La nouvelle se répandait.

— Eh ! Arthur, il a dit que ses parents, ils s'en fichent qu'il soit vulgaire !

— Ah bon ?

— Oui, il arrête pas de dire que des grossièretés !

— Oh, la, laaaaaaaa !

— J'aurais trop la hoooooooonte à sa plaaaaace !

— Je vais le dire à la maîtresse !

Punition : deux cents lignes. *Je ne dois pas dire de gros mots. Je ne dois pas dire de gros mots. Je ne dois pas dire de gros mots. Je ne dois pas…*

Tout ça était très injuste. Mes parents faisaient très attention à mon vocabulaire, et il valait mieux que je ne dise pas un mot pour un autre si je ne voulais pas me faire enguirlander. Il y avait bien, pour nous, des mots horribles. Des gros mots, les mots des gros, les mots des capitalistes. J'avais très tôt appris à ne pas les prononcer. Dans la famille, on ne disait pas « charges patronales ». Charges patronales ! Le vilain mot. Comme si c'était un poids sur le dos des patrons ! On disait « cotisations sociales », parce que, non mais des fois, il n'était pas question d'oublier que cet argent, c'était une partie du salaire des travailleurs[1]. On ne disait pas « défavorisé ». Défavorisé, comme si la pauvreté était la faute à pas de chance… On disait « prolétaire ». « Exploité ». Parce qu'il valait mieux un mot qui faisait entendre que fabriquer des pauvres servait à fabriquer des riches. On ne disait pas « l'assistanat ». On disait « les acquis », parce que y avait tout plein de gens qui étaient morts dans notre histoire pour que la sécu existe, et que ça aurait été comme cracher sur la tombe des résistants[2] qui avaient chassé les boches, ou sur la tombe d'Ambroise Croizat[3], et ça, c'était vraiment pas envisageable. « Migrant » ? Et puis quoi encore ? Pourquoi pas « envahisseurs », tant qu'on y était ? Est-ce que les Africains et Orientaux qui débarquaient dans des bateaux en rade avaient une allure d'armée ? Ils fuyaient tous quelque chose, c'était bien évident : la misère, la guerre, la dictature. Ils venaient tous pour quelque chose : le pain, c'est vrai, mais la paix, surtout, la culture, la démocratie… les arts, aussi. La littérature, et la philosophie[4].

Mes parents m'avaient appris tout un petit lexique, toute une grammaire associée. Dans ma bouche, il n'y avait pas d'employeur dynamique qui prenait des risques et traçait le chemin de la réussite. Il y avait des exploiteurs frénétiques, qui faisaient prendre des risques aux ouvriers pour leur profit personnel. Il n'y avait pas de collaborateurs (quel mot horrible, pour l'arrière-petit-fils d'un héros de la Résistance !) ni de managers, ni de P-DG. Il y avait des salariés, des chefaillons, et des grands patrons. J'étais complètement bilingue : français-gauchiste ; gauchiste-français. Parce que la bataille démocratique ne pouvait pas être remportée sans remporter d'abord la bataille culturelle. Parce qu'on ne pouvait pas penser des choses contre le capitalisme si on pensait avec les mots du capitalisme. Dans mon imaginaire, Marx posait affectueusement une main sur l'épaule d'Antonio Gramsci, qui avait ajouté à la dénonciation du capitalisme l'idée qu'on ne pourrait pas le vaincre sans en dénoncer la culture. Il fallait combattre l'hégémonie culturelle. Il fallait que les gens arrêtent de trouver sympathiques la concurrence, la compétition. Que les ouvriers, les chômeurs, les petits cadres, arrêtent de se croire les potentiels winners d'une guerre fratricide. Il valait mieux que les gosses aient peur des clowns plutôt qu'ils se jettent dans les bras de Ronald McDonald. Il fallait que les patrons cessent d'être les dieux de notre imaginaire collectif[5].

Alors, chez nous, la politesse, ce n'était pas de dire « s'il vous plaît/merci ». Il n'y avait pas à table de *tu veux bien me passer le sel s'il te plaît, ce serait gentil, ah, je te remercie, c'est bien aimable de me passer le sel, si tu ne l'avais pas fait, j'aurais dû me lever, ou alors ouh la la, j'aurais mangé mon plat sans sel.* Chez nous, la politesse, ce n'était pas de parler comme la comtesse de Sévigné. C'était de dire franco la brutalité du monde[6]. Pour nous, regarder ailleurs, c'était ça la vulgarité. Alors, à la place, on se disait plutôt :

— Passe-moi le sel, camarade syndiqué !

— Tiens !

— Merci !

— Pas de quoi me remercier, camarade syndiqué !

— Alors, merde à toi, camarade !

Duel de regards. Chute de sel dans le risotto. Éclat de rire généralisé.

9.

SAVOIR, C'EST POUVOIR

Dans la famille, la connaissance était considérée comme ce qu'on avait de plus précieux, parce que rien ne pourrait jamais nous l'enlever, et que ça nous servirait toute notre vie. Entre les livres, les milliers de livres qui recouvraient les murs, les tableaux et les sculptures d'art singulier, les tentures en bogolan, la maison d'enfance tenait plus de la caverne d'Ali Baba, ou de la bibliothèque d'Alexandrie, que de la maison d'enfance, et c'était merveilleux. À quatre ans, comme je savais déjà lire et écrire, on me laissait prendre au hasard les livres qui me tombaient sous la main, et bon sang, y avait que des bonnes pioches : Calvino, Saint-Exupéry, Hugo, Aragon, Desproges, Verne, Machiavel… et aussi Franquin, Brétécher, *Pif Gadget*, oui, Pif, avec les gadgets ! Qui se souvient des pifises ? Et du sous-marin en plastique qui monte et qui descend grâce à un simple cachet d'aspirine ?

À table, toutes les conversations se transformaient en cours de sciences politiques, de socio, de philo, d'économie, et d'histoire, surtout d'histoire. Fallait absolument que je sache d'où on venait pour comprendre où on était. Et d'où venait-on ? De la glorieuse Révolution, bien sûr. Pas celle de 1789, non, pas la révolution bourgeoise ; celle de 1871, la Commune de Paris, celle du peuple socialiste qui avait renversé l'Empire, deuxième du nom, renié Napoléon, troisième du nom, celle qui avait résisté à Bismarck, celle qui avait défendu Paris, phare de la Liberté pour toute la civilisation, contre les boches qui l'assiégeaient, celle qu'on avait fusillée pendant la semaine sanglante, celle qu'il faudrait qu'on refasse un de ces quatre, car « gare à la revanche quand tous les pauvres s'y mettront[1] » !

Là-dessus, *Questions pour un champion* se lançait, et on faisait silence. C'était notre messe à nous. Mes parents répondaient question après question, presque toujours la bonne réponse. Lepers annonçait une question de sport, et on se remettait à causer, jusqu'à la question suivante. La seule chose qui comptait, en dehors de la culture militante dont Lepers ne parlait jamais, c'était la grande culture, la culture classique, la culture scolaire, la culture bourgeoise, celle avec un grand Q, celle qui intéressait les gens de pouvoir, et qui nous intéressait, donc. Au reste, ils ne faisaient pas de grande différence entre les arts populaires et les arts classiques.

Il n'y avait que l'art, grand ou petit. L'art classique, l'art « officiel », n'était jamais qu'un morceau confisqué par les puissants qui voulaient faire croire aux prolos qu'il fallait être un aristo pour prendre son pied dans une galerie. Le mieux aurait été qu'on popularise l'art classique et qu'on officialise l'art populaire, histoire que tout soit mélangé, que tout soit partagé, et que les gens normaux aient autant le droit que les autres d'avoir le bon goût d'aimer Proust[2]. C'est vrai, quoi, après tout, le plus grand auteur d'alexandrins de tous les temps, c'était incontestablement Hugo, et c'était presque un communiste. Pourquoi penser que le populo devait se contenter de lire une soupe conçue pour lui ? Malgré toute la distance que j'ai prise aujourd'hui vis-à-vis de mon éducation, j'ai toujours adhéré à cette conviction, au point d'en faire, bien des années plus tard, la charpente de mon style dans mes trois premiers livres.

Au fond, ce n'était pas qu'une question de revanche ou de résistance. Mes parents aimaient sincèrement cette culture, celle des grands auteurs, celle des grands peintres, des grands sculpteurs, de la grande musique ; au moins autant qu'ils aimaient les petits auteurs, les petits peintres et sculpteurs de l'art singulier, brut, spontané, « tripal », pour ainsi dire, et la variété française. Parce que mes parents, et mes grands-parents, aimaient tout simplement les arts et les lettres. Ils avaient dans la tête un trésor inestimable, et ils avaient décidé de le transmettre. Bien sûr, pour moi, il s'agissait d'une nécessité politique, parce que connaître l'histoire, le droit, les sciences sociales, la littérature, la philosophie, c'était apprendre à me défendre contre la démagogie, contre la bureaucratie, contre le patronat ; mais c'était plus encore : c'était, à défaut de me permettre de prendre l'ascenseur social déjà entièrement plein de la classe moyenne supérieure, me donner l'occasion de prendre les escaliers. Pour vaincre le capitalisme financier, ou tout du moins pour échapper à ses violences les plus brutales, j'emmagasinais le plus de savoir possible, je l'engrangeais comme les richards engrangeaient le pognon ; je devenais en quelque sorte un capitaliste culturel, un intellectuel, un bourgeois rouge[3].

Peut-on dire que c'est une réussite ? J'aime à le croire.

BILAN : C'EST DUR DUR D'ÊTRE GENTIL

Je crois que j'ai donné, de mon éducation, une image plutôt rêche, comme si j'avais été corseté de politique, la poitrine enserrée dans un marxisme strict ; et c'est vrai, oui, le corset était étouffant quelquefois, parce qu'il me forçait, par bien des aspects, à me précipiter vers l'âge adulte. Je ne suis pas certain que je parlerai si tôt à mes propres enfants des guerres, de la catastrophe climatique, des famines, des exploitations de l'homme par l'homme et des femmes par les hommes, des MST, du fanatisme religieux, de techniques de propagande ou du nazisme. Pourtant, je n'ai aucun regret d'avoir grandi dans ce corset, parce qu'il me semble, je peux le dire, que c'est aussi ce qui m'a fait grandir. Le tuteur est désagréable, parce qu'il est raide, et qu'on y est enchaîné. Mais c'est grâce à cette contrainte que la plante pousse plus haut. Et puis, on aurait tort de penser que j'étais malheureux. Je tirais la langue, je jouais au foot, je faisais toutes les conneries qu'un sale gamin peut faire. J'étais un gosse comme tous les autres, avec en plus du reste les musées, les livres, les arts, la politique, et la curiosité de tout connaître du monde.

Alors ? Qu'est-ce que la gauche ? S'il y a bien une chose que j'ai retenue de mon enfance, c'est qu'être de gauche, c'est exigeant. C'est exigeant moralement, bien sûr, parce qu'on doit valoriser le partage, la liberté, la dignité, la fraternité. Ça demande de l'abnégation, parce que bien souvent, le faible qu'on défend est un gros con. Ça demande du courage, et souvent des sacrifices, parce qu'il faut toujours prendre le parti du faible contre le fort. On en meurt, parfois. Mais si c'est pour la cause ? Si c'est pour vaincre les nazis… ne vaut-il pas mieux bien mourir que mal vivre ? Et puis, être de gauche, c'est intellectuellement exigeant. On n'est jamais assez instruit pour se montrer à la hauteur de la tâche. On n'est jamais assez intelligent pour militer efficacement, pour convaincre, pour ruser et battre les classes dominantes à leur propre jeu, elles qui possèdent toute la richesse et tout le savoir.

Mon éducation a fait de moi un homme de gauche. Et être de gauche, c'est vouloir que l'humanité s'émancipe du règne animal. C'est être révolté par la bêtise. C'est dire : on vaut mieux que ça. C'est le prouver en s'efforçant de se montrer exemplaire. C'est dur, c'est vrai. Mais c'est comme ça, avant toute chose. Être de gauche, c'est être droit.

II.

LES ANNÉES FAC

L'enfance avait coulé dans les Bouches-du-Rhône. J'avais pris le large dans les terres. L'Auvergne m'ouvrait les bras. Pour une mauvaise herbe qui avait germé dans la garrigue, l'Auvergne, c'était l'oasis au bout du Sahara. Tout était vert et vivant, comme si l'eau ne manquait jamais, tout paraissait sauvage et habité, comme si les volcans, avec leur mine solennelle, préservaient la nature du Soleil et des hommes. Découverte du fromage. Coup de foudre pour le cantal vieux, le saint-nectaire et la fourme. Rencontre avec les bêtes qu'on voit si peu dans les parages de Marseille. Avec les vaches Salers, les vaches préhistoriques, celles qui broutent le flanc des massifs ; avec les vaches de l'INRA, les vaches de l'avenir, aux flancs percés de hublots massifs.

Khâgne et fac de philo, campus de la Baleine. Premiers pas hors de la maison, premiers pas de jeune militant. J'avais le bac en poche, et deux rêves aux tripes : écrire pour la postérité, et assister, de mon vivant, à l'écroulement tant attendu du capitalisme.

1.

HORS-SUJET : PETIT GUIDE PRATIQUE DE LA DÈCHE ABSOLUE

Quand on vient d'une famille où on n'a pas d'argent, il y a toujours ce moment assez terrifiant, qui vient en même temps que l'enfance s'en va. Tant qu'on est gosse, les parents se serrent la ceinture, et on ne se rend compte de rien ; on sait qu'on est pauvre, mais ce n'est qu'un mot, ça ne veut rien dire. Dès qu'on habite chez soi et qu'on paye le loyer, tout change. Pauvre, ce n'est plus un mot. Tellement que d'ailleurs, ça devient dix, quinze, vingt mots. Quand on parle à l'assistante sociale, on est économiquement faible, nécessiteux, défavorisé. En cours de lettres, à la fac, on se dit qu'on ressemble aux misérables, aux crève-la-faim. Dans les rues, des affiches nous appellent prolétaires, et d'autres nous traitent d'assistés, de parasites. On est fauché, lavé, ric-rac, marmiteux, on est à sec, on est dans le rouge, bref : c'est la dèche. Et puis, quand on parle à ses parents, tout va bien, on gère. Parce qu'on veut pas les inquiéter. Parce que ça serait pas décent de leur dire qu'on tire la langue alors qu'ils se saignent depuis vingt ans, et qu'ils le font encore pour nous payer ce qu'ils peuvent de notre facture de gaz-élec'. Mais bon, c'est la dèche. Et la dèche, quand on y est, on y reste. On s'y installe aussi longtemps qu'on se dit que ça finira par passer. Quand je suis arrivé à la fac, je me suis mis à sauter des repas. Les bourses, quand les parents n'ont pas grand-chose à ajouter, ça suffit pas pour vivre.

Nourritures spirituelles

Le midi, c'était facile. Pour deux euros cinquante, je mangeais au resto U un sandwich thon mayo, ou un sandwich poulet mayo, ou un sandwich crudités mayo. Ça dépendait de mon humeur. Parfois, je lâchais deux euros de plus, et je partais de là avec un cornet de frites. Assis dans la pelouse, sous le soleil brûlant d'une fin d'automne qu'on aurait pris pour le plein été, je me remplissais le ventre et je discutais avec les autres des choses si nécessaires qu'on étudiait en classe. Philosophie allemande, philosophie classique, empirisme anglais, relativisme postmoderne et, surtout, métaphysique. Le temps avait-il un commencement ? L'espace était-il continu ? La matière était-elle autre chose que la substance ? Les phénomènes étaient-ils réels ? Et en contorsionnant les définitions, ne pouvait-on pas considérer qu'en fin de compte, chaque être humain était immortel ? Devait-on croire en l'existence de l'âme ? Ça nous changeait les idées, parce qu'en dehors de ces conversations, les questions qui nous bouleversaient étaient autrement plus superficielles : fallait-il craindre une augmentation du prix du ticket de bus ? Une baisse des APL ? Est-ce qu'un effet de seuil allait nous faire perdre un échelon de bourse ? Est-ce que le CROUS[1] allait enfin reboucher le trou dans la porte des douches communes ? Et surtout, est-ce que la fac était le lieu pour se construire un avenir ? Ou même seulement pour apprendre à penser ?

Le soir, pas de resto U. Il fallait se faire à l'idée, il fallait se faire à manger. Le plus souvent des pâtes, les jours de fête du riz, avec de la sauce tomate et du gruyère râpé, et en fin de mois, sans sauce ni fromage, rien qu'un morceau de beurre et une pincée de sel. En toute fin de mois, quand je n'en pouvais plus, j'organisais un festin avec les copains. Astuce ! Inviter, c'est le moyen le plus simple de faire gras sans raquer. Au téléphone, toujours la même rengaine. — *Arthur ? Qu'est-ce que tu deviens ? — Salut ! Je fais une soirée crêpes, tu viens ? — Ah, ben si t'invites… qu'est-ce que j'amène ?* Et le premier amène les œufs, le deuxième la farine, le troisième le jambon, et avec assez de potes, on finit par avoir de quoi faire tout le dîner. Ah, merde, Andy vient plus finalement, bon… faudrait que j'achète le gruyère moi-même alors ? Non, ça devrait aller. Je vais essayer d'inviter quelqu'un d'autre. À cinq heures, les chargés de beurre farine œufs arrivaient et prenaient le thé pendant que je battais la pâte. À sept heures, les crêpes formaient une tour, et la bande arrivait avec la garniture. On refaisait le monde. Ça ne coûtait rien de refaire le monde. Et puis, tard dans la soirée, tous les copains partaient, et je gardais les restes pour me faire au moins deux repas.

Business is business, y a pas de petit profit. Quand je rentrais chez mes parents, le week-end, je mangeais comme quatre. C'étaient toujours des plats bien gras, bien légumineux, bien viandus, bien généreux. Ils se doutaient sûrement que je faisais vache maigre, alors ils me préparaient, pour les deux jours où je restais, trois kilos de carbonnade, cinq cents grammes de magret, du rosbif. Chez mes parents, je prenais l'apéro. Je me gavais de saucisson, de cacahuètes, de sirop, et après le repas, de chocolat, parce qu'il y avait toujours du chocolat dans le placard. Je faisais le plein de sucre et de gras, de vitamines, d'affection. — *Arthur… Tu manges, hein ? Tu fais pas qu'étudier ? — Bien sûr, m'man, tu me connais. J'ai la tête dans le ventre. Je vais pas me laisser mourir de faim !* Et je riais. Et elle riait. Aujourd'hui encore, je ne sais pas si elle savait. J'imagine que oui. Sinon, elle n'aurait pas, chaque fois, insisté lourdement pour que je parte avec les restes, de quoi remplir mon petit frigo table top pour les trois jours à venir.

Elle n'aurait pas chargé mon sac jusqu'à faire de moi un parfait petit homme-sandwich de chez Tupperware®.

Les nouveaux commerçants

Trois jours après, pourtant, le frigo était vide, et il fallait faire les courses. Corvée suprême, et dilemme terrible quant à l'enseigne où faire le plein : supermarché trop loin, ou Arabe du coin trop cher ? Comme la plupart des étudiants, je n'avais pas de voiture. Il y avait bien le grand Carrefour, ou le Leader Price, mais il fallait marcher trente minutes, avec les sacs... c'était hors de question. Trente minutes plus tard, j'arrivais au Carrefour.

Parmi les copains, certains savaient voler. Quelquefois, ils le faisaient. D'autres fois, ils disaient qu'ils n'étaient pas équipés pour. Équipés pour quoi ? Pour ne pas sonner à la sortie du magasin. Je le reconnais, à l'époque, c'était un peu mystérieux. Je ne connaissais pas encore les propriétés magico-pratiques du papier alu[2]. Je ne savais pas qu'Albal[3] était, bien malgré soi, le partenaire officiel de tous les voleurs de France. Et puis pour moi, voler, c'était de toute façon proscrit. Mon éducation m'en empêchait plus sûrement que n'importe quel système antivol high-tech. Mais eux, alors ? Ça les dérangeait pas ? Voler, c'était quand même pas très moral, non ?

— Eh, ho, j'ai des principes, j'te ferais dire. Je vole jamais les petits commerçants.

C'est vrai que voler l'Arabe du coin ça aurait fait mauvais genre. Les fafs auraient dit que c'était le monde à l'envers, et les anars auraient trouvé que c'était le comble du racisme.

— Et puis de toute façon, le capital nous vole tous les jours, il peut bien rendre un paquet de spaghetti une fois de temps en temps.

Dieu pardonne aux voleurs quand leurs enfants ont faim. Pardonne-t-il aux voleurs quand ils sont des enfants ?

— Monsieur, votre sac s'il vous plaît.

Au supermarché, des vigiles contrôlaient les sacs à la sortie. C'est bien connu, faut dire. Les pauvres, c'est tous des voleurs. Ça me mettait hors de moi. Moi ? On contrôlait mon sac ! Ça me laissait un goût horrible dans la bouche. C'était comme si on m'accusait, et surtout, c'était comme s'il y avait contre moi une présomption de culpabilité, et que je devais prouver mon innocence. C'était le monde à l'envers. Et puis, ça me rendait fou qu'un suppôt du capital se permette de me donner des ordres, et d'inspecter mes affaires comme s'il était mon supérieur hiérarchique.

— Monsieur ? Votre sac, s'il vous plaît.

Cette fois, c'était trop.

— Non.

— Non ?

— Non.

— Je dois voir votre sac, monsieur.

— Je ne vous le montrerai pas.

— Monsieur, vous allez me laisser contrôler votre sac.

— Non.

— Non ?

— Non !

Soupir du vigile. Dure journée, apparemment.

— Monsieur, dans ce cas, je vais vous demander de me suivre. Il y a une pièce à côté. J'y examinerai votre sac, et je vous fouillerai.

— Monsieur, si vous insistez, j'appelle la police.

Augmentation du volume sonore.

— Oui, j'appelle la police ! Seul un officier de police judiciaire a le droit de fouiller mes effets personnels, et encore ! Seulement dans les cas de flagrant délit, d'enquête préliminaire ou de commission rogatoire. Pardon, monsieur, vous êtes officier de police judiciaire ? Vous êtes assermenté ? Vous n'avez pas le droit de regarder dans mon sac sans mon accord, et je ne suis pas d'accord[4].

— Suivez-moi, monsieur.

— Il n'en est pas question ! Si vous insistez, j'appelle la police, et je porte plainte contre l'établissement, et contre vous ! Appelez-moi tout de suite votre supérieur hiérarchique ! En plus, c'est de la discrimination ! Est-ce que vous ne croyez pas que j'ai remarqué que vous ne fouilliez que les jeunes ?

— Monsieur, donnez-moi votre sac.

— Parce que vous essayez en plus de m'extorquer mes biens meubles ?

Explosion du volume sonore.

— VOUS ENTENDEZ, TOUS ? CE MAGASIN ACCUSE TOUS SES CLIENTS D'ÊTRE DES VOLEURS ! CE VIGILE ME MENACE D'UNE FOUILLE AU CORPS !

— Heu… non, mais…

— JE CONNAIS MES DROITS ! JE VOUS FERAI RENVOYER, MOI !

— Mais, heu…

— ALLEZ-Y ! VOUS ME TRAITEZ DE VOLEUR, ALORS ASSUMEZ ! PUISQUE VOUS ÊTES SI SÛR DE VOUS, APPELEZ VOUS-MÊME LA POLICE ! ÇA ME DONNERA L'OCCASION DE PORTER PLAINTE DIRECTEMENT. J'ATTENDS !

Le vigile devenait blanc ; et il partait de loin.

— Heu… c'est bon, monsieur, allez-y.

— Bonne journée !

À la sortie, les copains me demandaient pourquoi j'étais rouge de rage. Je leur racontais. Ils me demandaient si la ruse avait fonctionné.

— La ruse ?

— Ben oui, pour en finir, t'as pas ouvert ton sac… alors ? T'as volé quoi ?

— Mais rien du tout !

— Allez, vas-y, montre !

Même entre prolétaires, c'était la présomption de culpabilité qui s'appliquait. Dégoûté, j'ouvrais mon sac.

— Mais… il est vide !
— Non, il n'est pas vide.
— ?
— Regarde mieux : mes principes y sont toujours.

Travailler plus pour manger plus

Dans les salles de classe, on en voyait quelques-uns qui s'éreintaient au taf pour se payer leurs études. Ils avaient des cernes jusqu'aux genoux. Ils s'endormaient sur leur table. Les étudiants qui bossent ne bossent pas leurs cours : ils ratent leurs exams plus que les autres[5]. C'est connu. Enfin, c'est pas connu de tout le monde. Les fils et filles de bonne famille étaient pas au courant… ceux-là n'étaient même pas au fait de la chance qu'ils avaient. Enfin, sauf ceux que leurs parents avaient lâchés, parce qu'on ne paye pas les études d'une lesbienne, d'un gay, d'un hippie, ou d'un gosse ingrat qui part en études littéraires alors que c'était pas ce qui était prévu. Ceux-là, souvent, bossaient, et découvraient la dèche. La dèche dans sa version la plus amère, c'est-à-dire la dèche sans l'amour, sans la famille. Heureusement, ils se faisaient vite des potes. Faut dire, ils faisaient souvent des soirées crêpes. Dans la bande des fauchés, tous les fauchés étaient bienvenus : les rejetons rejetés, on leur ouvrait les bras. C'était toujours la même conversation :

— Mes parents m'ont coupé les vivres, je sais plus quoi faire.

— Comment ça se fait ?

— Quand je leur ai avoué

□ que j'étais bi
□ que j'étais trans
□ que je fumais de l'herbe
□ que j'irais pas en prépa maths
□ que je rêvais de devenir artiste
□ que je voulais pas avoir la même vie qu'eux

→ ça leur a vraiment pas plu. Ils m'ont dit de plus compter sur eux.

— Ben, et les bourses ? Tu t'en sors pas avec les bourses ?

— Mon père est

□ directeur
□ manager
□ médecin
□ avocat
□ notable
□ blindax un max,

→ j'ai pas le droit aux bourses.

— Mais… tu ne t'es pas déclaré(e) en foyer fiscal séparé ?

— Ah, surtout pas ! T'imagines, sinon, les impôts qu'on paierait ?

C'est drôle, les rejetons rejetés se souciaient généralement de la santé financière de leur famille. Ils se rendaient pas compte que si leurs parents payaient peu ou pas d'impôts, c'était parce que l'État estimait qu'ils avaient un enfant *à charge*, et qu'il fallait leur laisser de quoi lui payer la fac et le studio. Ça continuait comme ça :

— Mais on s'en fiche, de ça, faut bien que tu manges.

— Ils ne me le pardonneraient jamais !

— Ce serait plutôt à eux de te demander pardon... Ils t'ont laissé tomber quand même.

— Bah... de toute façon, les bourses, ça se calcule sur la déclaration de l'année passée, alors, même si je me déclarais de mon côté...

Astuce ! Si vous êtes dans cette situation, allez voir une assistante sociale, par exemple celle du CROUS, et racontez-lui votre situation. Si elle connaît son boulot, elle devrait vous faire déclarer en foyer fiscal séparé *et faire de son côté le nécessaire pour que vous touchiez les bourses dès l'année en cours !* Sans parler du fait que vos parents doivent légalement être solidaires de vous, et que vous pouvez éventuellement les contraindre à vous verser une pension alimentaire. Eh bien oui, y a des solutions prévues, qu'est-ce que vous croyiez ? Que vous étiez les premiers à se faire renier par des darons débiles ?

Job étudiant : enseignant

J'ai dû m'y coller, moi aussi. Un jour, parce que j'en avais marre de laisser le chauffage éteint, j'ai montré ma licence et mon relevé de notes à un recruteur de chez Acadomia, j'ai tapé la discute avec la manager, et on m'a embauché sans autre forme de procès. Acadomia, c'est une boîte de cours particuliers. Particulier, c'était le mot. Déjà, parce que pour un enfant de la gauche, signer chez un concurrent de l'Éducation nationale, ça titillait un peu. Je l'avais dit à la manager.

— Vous n'êtes pas le seul à vous poser ce genre de question, monsieur Nesnidal. Vous verrez, vous vous y ferez. Et puis, l'école publique a de très nombreux défauts, vous savez.

C'est vrai que l'école publique est pleine de défauts. Elle encourage la compétition, elle évalue les performances, elle se soucie assez peu du bien-être des enfants, ou même seulement de leur sécurité, qui passe après la discipline. Mais elle a, selon moi, et selon tous les gauchistes, une qualité qui nous fait oublier tout ça de bon cœur. Elle est publique.

— Monsieur Nesnidal ?

— Oui, pardon, j'étais perdu dans mes pensées.

— Vous savez, monsieur Nesnidal, il y a beaucoup d'enseignants qui arrivent chez nous et qui croient participer à la reproduction des élites… comme si nous ne donnions cours qu'à des enfants favorisés, déjà premiers de classe, pour conforter leur avance ! Vous serez étonné, vous verrez. Nous avons surtout des enfants en difficulté, ici.

C'est le moins qu'on puisse dire. Deux jours plus tard, on m'appelait pour me refiler mon premier élève. Il avait mon âge. Il préparait le bac. Il l'avait déjà raté quatre fois, et sa mère assurait que c'était parce qu'il était surdoué. Elle l'avait déscolarisé aussitôt qu'il était devenu clair que l'école publique ne pouvait convenir aux capacités hors normes de son enfant. Au téléphone, une femme très sûre d'elle et de son fils, en proie au doute : comment les professeurs de l'école publique avaient-ils pu être assez aveugles pour ne pas reconnaître le génie ?

— Madame, je comprends vos doutes quant au système scolaire… Il est vrai que sa force n'est pas de s'adapter aux élèves. Cependant…

— Ah ! Vous voyez ? Ils sont là avec leur CAPES, leur agrégation, et ils ne s'adaptent pas à mon fils. Ils ne sont pas foutus de lui donner le bac.

— Cependant, ce sont ces professeurs qui corrigent les copies du bac, et comme vous savez, la correction des copies n'est pas adaptable. Les copies sont anonymes, et c'est heureux.

— Oui, oui, bien sûr.

— Pour l'examen, il faudra bien que votre fils se conforme au cadre imposé par les exercices, sans quoi… il n'y aura pas de raison que le résultat change.

— Vous voulez dire que vous n'êtes pas capable de faire obtenir le bac à mon fils ?

Quelques jours plus tard, je rencontrais mon élève à son domicile. Ses parents, soucieux qu'il prenne son indépendance, l'installaient dans un appartement en ville, dont ils payaient le loyer, les factures, et dont ils remplissaient le frigo en flot continu. Au milieu des cartons, sa mère m'expliquait qu'ainsi, il pourrait mieux se concentrer sur ses études. Elle m'avait également amené une copie qu'il avait rédigée, quelques années plus tôt, lorsqu'il avait tenté une nouvelle incursion dans le système scolaire, dans un lycée privé hors contrat.

— Tenez, regardez... Vous voyez, il avait eu quatorze sur vingt !

— Oui, je vois...

— Et la même année, il a eu quatre au bac !

Je n'aurais pas mis plus de quatre à la copie qu'elle me montrait. Je ne sais pas quel était le lycée en question, mais les profs avaient très peu de conscience pour noter aussi large. Ils devaient s'inquiéter pour leur financement, j'imagine. Les parents n'aiment pas laisser leurs gosses dans des établissements où ils n'ont pas de bons résultats.

— C'est fou, quand même... L'Éducation nationale ne comprend rien à mon fils.

— Eh bien, je... nous...

— Je compte sur vous, monsieur Nesnidal.

— Heu... oui... C'est sur votre fils qu'il faut compter. À la fin, c'est son travail qui fera la différence.

Ses parents partis, je me suis mis au travail.

Catastrophe.

Échec total. Sur toute la ligne. Je devais lui apprendre à écrire une dissert' de philo, et il savait à peine écrire. Dans toutes les disciplines, il avait tout au plus un niveau de collégien. C'était comme s'il avait quitté l'école depuis la seconde... et qu'il s'en fichait complètement. Quoi que je lui demandais, je me heurtais à un mur. Aucun travail fourni, aucune curiosité, une certaine lenteur de pensée, et moi qui m'agaçais petit à petit, et qui finissais par lui demander :

— Mais... tu comptes avoir ton bac, oui ou non ?

— Bof, tu sais... le bac...

— ?

— Bof, d'tout'façon l'bac...

— ??

— Moi, t'façon, t'sais, ch'finirai par reprendre la boîte d'mes parents, alors...

— ... Mais... comment est-ce que tu comptes la gérer ? Tu sais à peine compter...

Haussement d'épaules.

On était pas sorti de l'aubergine. Acadomia me donnait ce premier étudiant pour tester mes capacités, comme elle m'aurait confié n'importe quel étudiant. Pouvais-je espérer passer le test avec succès ? Non, bien sûr. Je connaissais mes limites. À m'entêter, je n'aurais rien fait de plus qu'endosser la responsabilité de son inéluctable prochain échec au bac.

« Également instruit de ce que vous pourrez et de ce que vous ne pourrez pas, vous ne formerez aucune entreprise qui ne puisse être menée à bonne fin[6]. »

Une semaine plus tard, j'ai présenté ma démission.

2.

RENCONTRES DU TROISIÈME TYPE

Quand je suis arrivé en classe préparatoire, j'ai rencontré, pour la toute première fois de mon existence, d'authentiques gens de droite, qui assumaient publiquement de l'être, et même qui s'en revendiquaient, comme s'ils en étaient fiers. Comme s'ils en étaient fiers ! C'était un coup de tonnerre. On pouvait donc être fier d'être un salaud capitaliste ? Pour eux, c'était même mieux que ça : être de droite, c'était banal[1]. À la rigueur pouvait-on être socialiste – mais seulement parce que le PS s'était enfin rendu à la raison en renonçant à l'anticapitalisme[2]. Le communisme passait pour la lubie de quelques fanatiques, d'adolescents en crise, ou de doux rêveurs en licence aux Beaux-Arts. L'anarchisme ? N'en parlons pas ! Le mot était pour eux moins le nom d'une doctrine politique qu'une insulte destinée aux délinquants sans foi ni loi, à la racaille à mettre en taule.

Étaient-ils pour autant politisés ? Je me souviens, à ce sujet, d'une conversation lunaire que j'avais eue avec des filles de ma classe en première année. À l'époque, le gouvernement avait mis en discussion un projet de loi à l'Assemblée nationale qui visait à poursuivre les clients de la prostitution[3]. Au CDI, dans la salle qui nous était réservée, grosse discussion entre khâgneuses autour de manuels de latin. Apparemment, l'interdiction de la prostitution ne leur semblait pas aller de soi ; après tout, si les femmes le souhaitaient, pourquoi leur interdire de « vendre leurs charmes » ? Est-ce qu'elles n'étaient pas libres ? Et s'il fallait vraiment qu'un gouvernement de gauche interdise la prostitution, fallait-il qu'il poursuive les clients ? La culpabilité devait revenir à celle qui « proposait le service », et non pas à celui qui s'en portait acquéreur !

— Et toi, Arthur ? Qu'est-ce que tu en penses ?

Aïe. J'étais fait comme un rat. J'avais tenté de me cacher dans mes déclinaisons ; et maintenant, impossible d'y couper : on me demandait mon avis. Et mon avis, c'était que quand on est une femme et qu'on défend le « droit » à la prostitution, on mérite une bonne baffe en plein sur le museau pour faire reconnecter les neurones défaillants. Mais bon. Paraît qu'il faut être gentil quand on veut faire de la pédagogie.

— Ce que je pense… de la prostitution ?

— Oui, et de la loi.

— Eh bien… à vrai dire, je suis totalement opposé à la prostitution, comme je suis opposé à la marchandisation du corps humain sous toutes ses formes. Je vois difficilement la différence avec le trafic d'êtres humains.

— Mais si une femme *veut* être une prostituée ? Si elle veut « vendre ses charmes » ?

Comment ça, si elle veut ? Comme si c'était souhaitable... J'imagine qu'elle devait être abonnée à *Causeur*, ou bien à *20 Minutes*[4].

— À mes yeux, pardon, mais personne ne fait librement le choix de la servitude. Les prostituées sont donc des victimes, poussées par la nécessité. Et si dans quelques rares cas, ce n'est pas le cas, j'estime que c'est le fait d'une grave aliénation que d'accepter sans broncher de vendre *son corps*. Je suis donc pour qu'on *protège* les femmes victimes de la prostitution.

— Et les clients, alors ?

— Eh bien, je te l'ai dit : à mes yeux, les prostitués sont des victimes. Les gens qu'il faut poursuivre sont donc les gens qui participent à cette exploitation : les proxénètes, bien sûr, et les clients, ça tombe sous le sens.

Moue de la khâgneuse.

— Tss... de toute façon, cette loi contre les clients ne pourrait pas être appliquée. T'es pas d'accord, Arthur ? Poursuivre les clients, c'est impossible.

— Eh bien, ne sautons pas les étapes : déjà, il faudrait qu'elle soit votée. Ensuite, comme pour toutes les autres lois, on organisera la répression.

Poursuivre les contrevenants, c'est un travail de police, pas de législation.

— *(Choquée, la main sur la bouche.)* Mais… t'es pour un État policier ?

Hein ? Un État policier ? La police qui poursuit les criminels, c'est l'État policier ? Quoi ? La police pouvait pas être seulement là pour taper sur les manifestants !

— *(Retirant sa main.)* Arthur, rappelle-moi… tu te situes comment, politiquement ?

— Ben, communiste.

Je passe sur les visages horrifiés que cette déclaration a suscités. Faut croire que pour elles, le communisme, ça voulait dire le totalitarisme moustachu et l'enfer concentrationnaire. Ça voulait certainement pas dire Résistance et Libération. Je le confesse, je n'ai que très peu écouté la suite de la conversation, et les leçons qu'on me faisait sur les dangers de l'autoritarisme rouge, et sur le grand méchant Staline qui viendrait souffler sur les maisons en paille des trois petits patrons. Au fond de ma tête, un autre dialogue se jouait.

— *Vous savez, Hubert, la vie n'est pas toujours facile pour les gens, ici. C'est d'ailleurs le propre des dictatures.*

— *Une dictature, comme vous y allez. Vous êtes bien sympathique, Dolorès, mais… épargnez-moi vos analyses politiques. Savez-vous seulement ce que c'est qu'une dictature ? Une dictature, c'est quand les gens sont communistes. Déjà. Qu'ils ont froid, avec des chapeaux gris et des chaussures à fermeture Éclair. C'est ça, une dictature, Dolorès.*

— D'accord. Et comment vous appelez un pays qui a comme président un militaire avec les pleins pouvoirs, une police secrète, une seule chaîne de télévision, et dont toute l'information est contrôlée par l'État ?

— J'appelle ça la France, mademoiselle. Et pas n'importe laquelle. La France du général de Gaulle[5].

Comment peut-on être jeune et de droite ? Jeune de droite ! Un truc de ouf, quand même. À l'époque, sur un mur, pas très loin du musée Bargoin, juste au-dessus de la bibliothèque universitaire, y avait un tag presque effacé, qui devait être contemporain des fresques de Lascaux : « Jeune giscardien[6], tu es VIEUX ! » Ça me faisait bien marrer. C'était si vrai. J'avais tellement entendu des vieux dire que les jeunes finissaient toujours par « revenir à la raison » qu'à mon sens, être de droite, c'était le premier signe de la sénilité, un truc gentillet qui arrivait avant de *finir* réactionnaire. Fallait être sacrément aristo pour se revendiquer jeune de droite. Fallait au moins être Sarkozy pour s'inventer une révolution immobiliste[7].

— Arthur ? Tu m'écoutes ?

— Non. Heu… oui, je veux dire : oui, oui, je t'écoute. Qu'est-ce que tu disais ?

— …

C'était à prévoir. En khâgne, je ne me suis pas fait que des amis. J'ai même, pour ainsi dire, fait la rencontre de toutes sortes d'espèces rares, que je croyais pour la plupart complètement éteintes. Il y avait les libéraux, ça va de soi, les adeptes d'une droite plus vieille France, ça va encore, et puis, le choc : des monarchistes. Oui, oui, des monarchistes, des qui attendaient, pour régner sur les sujets, le retour de Luis Alfonso Gonzalo Víctor Manuel Marco de Borbón y Martínez-Bordiú, *fils d'*Alfonso Jaime Marcelino Manuel Víctor María de Borbón y Dampierre, *petit-fils de* Jaime Luitpoldo Isabelino Enrique Alejandro Alberto Alfonso Víctor Acacio Pedro Pablo María de Borbón y Battenberg, *arrière-petit-fils d'*Alfonso León Fernando María Jaime Isidro Pascual Antonio de Borbón y Austria, le tout de la maison de Bourbon. Louis XX, pour les intimes. Je vous jure, y avait vraiment des légitimistes pour vouloir que le descendant de Louis XVI ramène sa fraise. Ils devaient trouver qu'il avait la tête sur les épaules.

C'était comme si j'entendais, pour la première fois, les mots d'une langue étrangère. Comme si je posais le pied sur un nouveau monde. Je me découvrais une nouvelle passion bizarre : la classification. Je me prenais presque pour un entomologiste, ou plutôt pour un explorateur qui aurait reporté dans son carnet les subtiles différences entre des peuplades inconnues, à nos yeux semblables par leur exotisme extrême. J'étais Christophe Colomb, le marxiste civilisé ; je descendais de la *Santa María*, et je trouvais... des Indiens, il me semblait ? Des capitalistes ? Ils ne s'appelaient pas eux-mêmes ainsi. Je n'avais pas encore saisi que j'étais loin de l'Asie. Je ne concevais pas encore que les Cubains se distinguaient des Haïtiens, que les réacs, les fachos et les libéraux n'étaient pas de la même famille ; tout ce que je comprenais, c'était que les indigènes khâgneux se méfiaient de l'explorateur, et qu'ils avaient tous plus ou moins une flèche à tirer sur l'homme civilisé qui brandissait devant eux le livre de la vraie foi, *Le Capital*, en leur demandant d'abandonner leurs superstitions.

Et puis, surtout, je n'avais pas encore compris combien *je* paraissais exotique à tous ces gugusses qui, comme moi, n'avaient encore jamais fait cette rencontre étrange. Un gauchiste ! Alors, ça existait ? J'étais, pour eux, l'incarnation d'une vieille légende locale. Question de point de vue, je suppose. De leur point de vue, ils ne pouvaient tout naturellement pas se rendre compte que c'était moi, et non pas eux, le tenant de la civilisation et du progrès.

3.

LOSERS

Ils pullulent à la fac. Logique, c'est là qu'on les fabrique. Ils ont eu douze au bac philo, et ils en ont conclu qu'ils étaient des penseurs. Ils ont eu quinze en arts plastiques, et ils en ont conclu qu'ils étaient des artistes ; seulement dix en lettres, des artistes incompris. Ils ont quitté le nid, ont lu deux trois tracts, vu quatre cinq films, se sont dit qu'ils étaient politisés. Ils sont entrés dans un syndicat étudiant, et se sont mis à croire qu'ils étaient des héros. Ils sont rebelles, contre leurs parents (sauf le dimanche, quand ils ramènent leur linge sale), contre les profs (sauf les semaines de partiels, parce qu'il faut valider le semestre), contre la police (seulement les jours de manif), contre le système et l'ordre établi (sauf quand on leur en demande une définition, mais arrête, aussi, Arthur, de toujours vouloir tout compliquer avec tes questions, c'est bien bourgeois, ça, de réfléchir avec des cases). Il doit sûrement y avoir d'authentiques penseurs, artistes, et militants de haut niveau qui se baladent parmi les membres de l'UNEF. J'imagine qu'ils se cognent la tête contre les murs en réaction à la bêtise qui les encercle. Je suis forcé d'imaginer. Je n'ai pas eu la chance d'en rencontrer.

J'ai essayé, pourtant. Quand, tout fraîchement sorti de prépa[1], je suis arrivé en licence, mon premier réflexe a été de me rendre dans leur local pour taper la discute. C'était un petit kiosque assez sympa, juste en face de la bibliothèque, et ça, c'était encore plus sympa, recouvert d'affiches rouges qui réclamaient l'abolition du capitalisme, qui n'est toujours pas faite, la gratuité d'accès aux moyens de contraception, qui n'est toujours pas faite, la promulgation du mariage pour tous, qui était déjà votée depuis deux ans, et surtout, surtout, l'adhésion au syndicat, parce que l'union fait la force, et ça, je me disais, c'est bien vrai, que l'union fait la force. On m'avait bien appris, quand j'étais petit, que le peuple uni ne serait jamais vaincu[2].

À Clermont-Ferrand, pourtant, le syndicat était connu pour ses relations houleuses avec sa direction nationale. Mais ça n'avait rien à voir. Eux, c'était parce qu'ils voulaient garder leur indépendance, représenter une voix alternative, et puis, aussi, parce qu'ils ne voulaient pas se soumettre à un bureau tout plein de gens qu'ils n'avaient jamais vus. Avec un billet de train et un peu de volonté, ils auraient pu aller à leur rencontre, et discuter de leurs différends pour trouver un terrain d'entente. Mais ils tenaient à préserver la pureté de leur engagement. Débattre de leurs idéaux ? Prendre le risque de changer d'avis ? Et puis quoi encore ? Négocier, c'était bien un truc de facho.

Et l'union, dans tout ça ? C'est ça qui fait la force. Ils en étaient convaincus. Ils étaient bel et bien unis, eux. Comme les doigts de la main. Rien de plus naturel : ils étaient cinq. Mais ce n'était pas grave. De toute façon, la Révolution devrait bien arriver, à base de convergence des luttes. C'est Marx qui l'avait dit (non), ou quelqu'un d'autre (sans doute), mais bon, on s'en fiche des auteurs, l'important, c'est que c'est ça qui allait se passer.

Alors, à quoi servaient-ils ? Leurs affiches assuraient qu'il fallait leur rendre visite en cas de problème avec la faculté. C'est vrai qu'après tout, ils étaient le syndicat des étudiants. Défendre les étudiants, c'était un peu leur truc. Et justement, un problème, j'en ai eu un. Comme je suis malvoyant, j'avais droit à des aménagements de mes exams : sujet en grands caractères, tiers-temps, salle séparée… Le jour de mes partiels, rien de tout ça. À la place, comme j'avais protesté, on m'avait même donné un gros zéro sur vingt. Dans le kiosque de l'UNEF, on m'avait écouté avec attention, et même, avec compassion. On m'avait dit des « eh ben voyons ! », et des « ah, les salauds », et des « c'est toujours la même chose ». Solutions proposées : une tape dans le dos.

Pour en finir, je me suis résolu à appliquer la méthode familiale :

La fac ne respecte pas les dispositions légales.

1- Demander au responsable administratif de l'université le retrait de la note de mon bulletin semestriel.

> La fac rejette ma demande.

2- Constituer un dossier et menacer de poursuivre l'université au tribunal administratif.

> La fac hésite.

3- Préciser que l'action en justice sera doublée de poursuites en correctionnelle des personnes responsables, tête par tête.

> La fac...

Tiens ? C'est marrant, le zéro n'est plus sur mon bulletin.

Méthode smala : 1
Méthode UNEF : 0

Au fond, je le sais bien, je suis mauvaise langue. Ces larrons-là auront certainement des résultats un jour. Vous verrez, bientôt, ce sont eux qui renverseront le système et l'ordre établi. Comment ? Je ne sais pas. En collant plus d'affiches ?

4.

ÉCOLOGIE NEW AGE, DÉVELOPPEMENT DURABLE ET BOBOS À CHIGNON

On les reconnaît facilement. Ils fusent, la barbe au vent, AirPods bien enfoncés dans leurs oreilles bardées de piercings, sur une trottinette électrique UrbanGlide à seulement 279,99 € TTC. Ils sont branchés. Ils hantent les espaces verts des centres-villes, où ils rêvent des grands espaces. Par leur simple présence, ils ont changé le visage des quartiers populaires[1]. Parce qu'ils ont horreur des grandes surfaces, ils se donnent rendez-vous dans les rayons de Naturalia ou de Biocoop, et vont manger le soir dans les restos végétariens, asiatiques ou, pour les plus carnistes, dans les néo-brasseries, de la rue du Faubourg-Poissonnière à la rue Pierre-Semard. Ils sont le prolongement de la gentrification. La nouvelle génération de cette petite bourgeoisie qui se sent mal dans sa peau, parce qu'elle veut à la fois être riche et de gauche[2]. La relève des bobos. Les hipsters[3] débarquent, avec un dogme bien rodé sur les questions d'écologie.

À Clermont-Ferrand, comme dans toutes les villes de province, la transformation du paysage social avait quelques années de retard sur la capitale. À la fac, surtout, ils n'étaient pas si nombreux. Je croisais, le plus souvent, des hippies, qui grouillaient en nombre dans les salles de philo, de lettres, de socio et de psycho, et tout au plus des hipsters en incubation, qui n'avaient pas encore leur diplôme d'ingénieur en informatique, de marketing, de management ou d'économie du développement durable. Pourtant, il y avait bien un climat de défense du climat, de défense de la Terre, de retour au local, au naturel, au bio. Dans les soirées interminables du jeudi où circulaient les joints « d'herbe sans traitement chimique » et les canettes de 8.6, avachis dans le canapé après une heure du matin, il était de bon ton de refaire le monde. Tous prêchaient la fin du réchauffement climatique par le tri sélectif, la sortie du nucléaire, et la généralisation des circuits courts de consommation. Trop d'intermédiaires ! Pas assez de volonté politique, et surtout ! surtout ! pas assez d'implication personnelle des consommateurs qui pouvaient, pourtant, à leur échelle, changer le global en agissant local. Évidemment, il n'était pas question de remettre en question la pertinence de ces injonctions ; surtout que rappeler que le tri ne pouvait pas suffire à stopper l'extraction de matières premières[4], que le nucléaire[5] n'avait pas vraiment de conséquences sur l'émission de gaz à effet de serre, ou que les circuits courts pouvaient aussi avoir un impact négatif sur l'environnement[6-7], ça aurait fait passer n'importe qui pour le dernier des réactionnaires climato-sceptiques, et moi, je voulais pas me faire traiter de trumpiste. Ça me médusait. Chirac n'avait rien fait pour éteindre l'incendie, rien de plus que de dire que la maison brûlait, mais son discours, et ceux des écolos des années 1990-2000, avaient installé en moi la conviction que, plus encore que tout autre sujet, l'écologie devait être examinée par son aspect le plus concret. Aucun programme politique ne pouvait avoir de sens s'il ne s'appuyait pas d'abord sur la science. Quand on parlait climat, transition énergétique, agriculture paysanne, j'étais plutôt prudent dans la conversation, parce qu'il me semblait clair que sur ces sujets, on avait tous tendance à s'improviser experts pour débiter tout à son aise le plus de conneries possible. En matière d'écologie, quand on entend un écolo, tout peut être affirmé sans preuve, pourvu que ça semble aller dans le sens du dogme. En 2024, Yannick Jadot, sénateur écologiste, s'obstinait à établir un lien de causalité entre nucléaire et réchauffement climatique[8], tout comme avant lui Marine Tondelier[9], alors qu'il est inutile de se fonder sur des inepties pour être favorable à une transition énergétique. Le nucléaire soulève suffisamment de problèmes réels pour qu'on n'ait pas besoin de lui en inventer : difficultés de traitement des déchets radioactifs, risques d'accident, ou, pour sortir du prisme de l'écologie, indépendance nationale de la France qui pourrait être mise en question si le Niger, le Canada, l'Australie ou le Kazakhstan décidaient, pour telle ou telle raison, d'augmenter le prix de l'uranium, de rompre les accords d'exportation, ou tout simplement si Orano se trouvait en difficulté financière[10].

Les hipsters, comme leurs ancêtres les bobos, ont intégré un discours moralisateur sur l'écologie qui, non content d'être profondément antipathique, rend difficile la discussion de fond. Il faudrait manger bio, limiter ses achats d'articles suremballés, boycotter les produits importés, synthétiques, polluants, irrespectueux du bien-être animal, utiliser un véhicule électrique ou, au moins, prendre les transports en commun, bref : il faudrait consommer autrement. Consommer autrement ! Quand on me sortait ça dans les soirées trop arrosées, je rongeais mon frein. Combattre les dérives du capitalisme et du productivisme par la consommation ? La consommation, vraiment ? Ce truc que l'ensemble des penseurs critiques du capitalisme accusaient de servir à aliéner les masses[11] ? Ça sonnait comme une mauvaise blague, de même qu'il me paraissait invraisemblable de malhonnêteté que les grandes marques s'emparent des thèmes de l'écologie pour inciter à consommer. De mon côté, avec ma petite bourse étudiante, j'avais pas l'impression que la transformation des modes de production passerait par la consommation « choisie et responsable ». Toute la semaine, dans mon quartier, les gens sortaient du Naturalia avec des sacs en tissu rouge et blanc, sur lesquels s'étiraient des slogans tous plus désagréables les uns que les autres. « S'engager, ça fait du bien à tout le monde », « Donner la liberté de faire du bien aux hommes et à la nature », « Libre d'aimer le bio », et j'en passe. Est-ce que j'étais libre d'aimer le bio ? À vrai dire, je n'achetais même pas de fruits et légumes. Dans la kitchenette du CROUS, pour le dîner, je jetais dans la flotte cent cinquante grammes de pâtes Éco+, et, le week-end, mes parents venaient me chercher en voiture, parce que le car de campagne mettait deux heures et demie au lieu d'une heure. Les hippies et les punks me disaient qu'il fallait bien que je mange, et les bobos en formation me prédisaient qu'un jour, Captain Planète viendrait chez moi me coller une mandale pour venger mère Nature de toutes les destructions dont j'étais responsable.

C'est malheureux, mais on accorde plus de valeur à une proposition choc qu'au consensus scientifique, surtout quand il est nuancé, ou qu'on se tient soi-même éloigné du terrain. Un écolo de l'hémicycle, un écolo des villes, est souvent bien différent d'un écolo des champs, d'un écolo des ZAD, d'un écolo des instituts de recherche. Je crois que dans nos rangs, il faudrait faire le tri sélectif. Mettre aux encombrants les militants et porte-parole qui sont si partisans qu'ils oublient d'étudier avant de prendre parti. Virer les moralistes si empressés d'être militants qu'ils en oublient d'être écolos. Ils polluent le débat public.

5.

RAVI DE VOUS RENCONTRER, JE SUIS CIS-HÉTÉRO

Les LGBT. Sujet sensible. Je dois le reconnaître, j'ai un peu la pression. D'ici, je vois deux gugusses qui se frottent les mains. Chacun dans son fauteuil, Jean-Michel-Eudes-Aristide Réac et Gontrand Justicier salivent d'avance des méchancetés que je pourrais dire, l'un pour s'en gratifier, l'autre pour me les faire payer. J'espère sincèrement ne donner satisfaction à aucun de ces deux crétins, et je leur saurai gré de ne pas se servir de mes propos sur le sujet pour se fonder dans la haine de quiconque.

Les LGBT, donc. Lesbiennes, gays, bisexuels, transgenres et transsexuels. On trouve aussi des versions longues : LGBTQIA+, pour inclure les queers, les intersexués, les aromantiques et plus si affinités. J'ai toujours été très surpris par ce sigle, pour la raison qu'il mêle deux catégories plutôt distinctes : identité de genre, ou de sexe, et orientation sexuelle. Mais ce qui m'a le plus surpris, c'est à quel point les LGBT ont transformé mon paysage quand je suis arrivé à la fac de lettres.

Dans mon petit lycée, il y avait presque un uniforme[1]. Jeans ou pantalon noir, T-shirt blanc ou chemise unie, baskets. Jeans ou jupe noire avec des collants semi-opaques noirs, crop top[2], veste en faux cuir. Pour les mecs, cheveux courts en bataille, pour les filles, lissage au fer à repasser et tie and dye[3]. Deux ans et demi de prépa, deux ans et demi de monastère, aucun changement significatif ; et puis la fac. La fac, le choc. Et des couleurs qui claquent. Des bas en arc-en-ciel. Des cheveux rouges, bleus, verts, fluorescents, des coiffures conçues dans la plus stricte dissymétrie, et dans l'audace architecturale. Des gothiques, des punks, des steam-punks, des cyber-punks, des hippies, des otakus, des anonymous. Le tout dans l'indifférence la plus complète de la part de tout le monde, comme si, dans leurs petits lycées à eux, tout ça était standard. Dans mon petit lycée à moi, personne n'était ouvertement homosexuel ; personne, d'ailleurs, n'était ouvertement sexuel tout court ; la pudeur était de mise, voire le secret ; et soudain, les bracelets multicolores surgissaient de toutes parts, qui déchiraient la grisaille du béton universitaire ; et les soirées orgiaques s'organisaient dans tous les bars du centre, et chez tous ceux qui louaient un appart' assez grand. À la fac, tout se décoinçait. Les études attendraient la veille des partiels. Il fallait respirer, respirer à grandes bouffées l'air de la ville, de la nuit, de la liberté, de toutes ces choses qui ne se trouvaient qu'en quittant le foyer parental. Explosion de diversité, de festivités, de sociabilité. Avec un seul mot d'ordre : copulation.

En même temps que je rencontrais mes premiers potes LGBT[4], je découvrais combien l'homophobie, et surtout la transphobie, étaient répandues. Je me doutais que ça existait, bien sûr : moi qui avais grandi dans la peur du retour de l'empire nazi contre-attaque, je ne pouvais pas envisager un monde où une forme de rejet de l'autre n'aurait pas existé. Mais je croyais que celles-ci étaient complètement groupusculisées, reléguées au folklore du plus contre-naturaaanh[5] des mouvements revendicatifs : La Manif pour tous. La Manif pour tous ! Pour tous, c'est-à-dire contre la loi sur le mariage homosexuel[6]. Ridicule, non ? Comme si militer contre l'extension des droits civils à toute la population pouvait être « pour tous ». Ridicule, oui. Seulement voilà. La Manif pour tous était loin d'être un groupuscule. Le 15 février 2013, 700 000 personnes avaient signé leur pétition contre le mariage homosexuel. Plus spectaculaire encore : le 13 janvier 2013, à l'appel de La Manif pour tous, 340 000 personnes se rassemblaient au Champ-de-Mars. Parmi eux, des personnalités de la droite la plus à droite, de celle qui se précipite chaque fois qu'on peut discriminer et faire étalage de bêtise : Louis

Aliot, actuel maire de Perpignan et vice-président du Rassemblement national ; Patrick Balkany, ancien député LR, décidément toujours dans les mauvais coups[7] ; Philippe Barbarin, archevêque de Lyon, accusé depuis de non-dénonciation d'agressions sexuelles sur mineurs[8] ; Christine Boutin, ancienne ministre du Logement et de la Ville de Nicolas Sarkozy ; Steeve Briois, futur maire Front national d'Hénin-Beaumont, le fief de Marine Le Pen ; Marion Maréchal-Le Pen, la plus inepte de sa lignée ; Frédéric Nihous, président de Chasse, pêche, nature et traditions ; Laurent Wauquiez, député et bientôt président de la région Auvergne-Rhône-Alpes ; et d'autres, tant d'autres, tant d'autres que j'en passe, la liste est trop longue : rien que des gens furieusement détestables et qui donnent au genre humain la certitude de ne jamais atteindre le rang d'espèce supérieurement intelligente. Plus gênant : Georgina Dufoix, ministre déléguée chargée de la Famille, des Droits de la femme, de la Solidarité et des Rapatriés... de François Mitterrand, ex-députée socialiste du Gard. Mais, je me disais, tant pis, il fallait bien un ou deux social-traîtres pour maintenir le quota des gauchistes non respectables. Pas vrai ? Et puis, ce n'était pas comme si Dufoix avait été une grande figure historique du féminisme français. C'est là qu'était le drame. Une femme, une femme respectable, admirable, celle que j'aurais le moins voulu voir marcher avec ce ramassis de [censuré – je ne veux pas d'un procès en insulte publique], s'était montrée ce jour-là, un drapeau de La Manif pour tous à la main. J'ai mal aux mains d'écrire son nom.

Simone Veil.

Oui, oui, Simone Veil. La Simone Veil de la loi Veil[9]. La Simone Veil revenue des camps de la mort[10] pour défendre le droit des femmes sous les pires insultes de la droite[11]. La Simone Veil qui, trente-quatre ans plus tôt, disait sa rage de vivre aux nazillons du Front national venus l'agresser dans un de ses meetings[12]. La Simone Veil du Panthéon[13]. L'héroïne de mon enfance.

La vache. La vieillesse est un naufrage[14]. Je sens que je vais pleurer. Le père Noël n'existe plus.

Quand on est viscéralement de gauche et qu'on découvre une nouvelle cause, le sang ne fait qu'un tour. Il faut s'engager. Alors, quand les copains LGBT m'ont parlé de tout ça, mon sang n'a fait qu'un tour. Je devais m'engager. M'enrouler dans le drapeau arc-en-ciel comme je l'avais fait avec le drapeau rouge, le drapeau vert, le drapeau tricolore, et tous les drapeaux féministes qui m'étaient tombés sous la main[15]. À une soirée, je m'en ouvrais à une amie tri (à la fois gouine[16], hétéro, et anarchiste).

— Oui, c'est bien que tu nous soutiennes, mais bon… Tu te rends bien compte que, bon, en *vrai*, bon… en *vrai de vrai*, bon… t'es pas *vraiment* concerné.

Celle-là, j'avoue, je l'avais pas vue venir. Ma mâchoire s'était décrochée. Imaginez, alors, comme il était pénible d'articuler :

— 'omment ça, 'as *'raiment* 'oncerné ?

— Ben oui, Arthur… t'es un mec, quoi.

Fermeture de la mâchoire. Écarquillement des yeux. Bras ballants. Hein ? Pas concerné, parce que j'étais un mec ?

— Et puis, bon, t'es *vraiment* un mec, quoi… Blanc, cisgenre, hétéro… Tu vois, quoi. Tu peux pas dire que t'es concerné alors que tu sauras jamais ce que c'est qu'être une femme, un trans, un homo, et que tu sauras jamais ce que c'est que d'être dominé par le patriarcat.

Je dois bien le reconnaître : je ne suis pas une femme ; pire, je suis un homme ; et je ne dispose, aujourd'hui encore, d'aucun indice qui me ferait entrevoir un changement à venir de ce côté. Et il est vrai que je ne subis pas, comme le subissent les femmes, les homos, les trans, le harcèlement quotidien des coqs « masculinistes » et des quelques poules qui leur picorent dans la main – oui, d'Escufon[17], c'est toi que je regarde, tu es la honte et la risée de ton sexe. Quand je sors dans la rue, je n'ai pas peur. Que ce soit le jour ou la nuit, dehors ou dans les transports, dans les beaux quartiers ou les quartiers sensibles, personne ne me siffle, ne commente ma tenue, ne me demande mon numéro de téléphone parce que j'ai un beau cul (alors que pourtant, j'ai un beau cul). Personne ne me menace de me violer. C'est au point, d'ailleurs, que j'ai longtemps sous-estimé à quel point ces agissements étaient fréquents, pour ne pas dire permanents. Il faut dire que le fait arrive surtout aux femmes lorsqu'elles sont seules, ou tout du moins sans la compagnie d'un homme pour décourager, par sa simple présence, les velléités des mâles en rut qui se figurent que leur proie est déjà la chasse gardée d'un autre prédateur. Ce n'est pourtant pas un hasard si on parle de « harcèlement[18] ». Harcèlement, parce que ça ne s'arrête jamais[19]. Si vous êtes un homme et que vous n'y croyez toujours pas, si vous avez la flemme de lire les études, d'en discuter avec une femme ou de changer de sexe, je vous suggère de faire ce test : sortez vous promener en minijupe dans votre quartier. Quel résultat obtiendrez-vous ? Surprise.

Pas victime, donc, puisque je suis un homme. Mais pourquoi « pas concerné » ? Bien sûr que si, concerné ! Si j'arrive à être concerné par les Ouïghours réduits aux travaux forcés pour Nike par les autorités chinoises[20], ça devrait pas être trop complexe de me sentir concerné par ce qui se passe juste sous mon nez, tous les jours, pour plus de la moitié du corps national (pour pas dire de l'humanité). Autant le dire crûment : le machisme généralisé, ça me casse les couilles.

— Je peux être un homme *et* être féministe, tu sais.

— Mais, Arthur, tu vois bien que c'est impossible… Tu vivras jamais ce qu'on vit.

C'est vrai. Mais ça ne change rien. Je prétends pas être une femme, un trans ou un homo, je prétends militer pour le droit et le respect des femmes, des trans et des homos au même titre que je prétends défendre les droits de tout le monde. D'abord, parce que je ne suis pas un sociopathe, et que je suis capable d'empathie, même avec des gens irréductiblement différents de moi, ce qui fait que je suis révolté par la situation ; et ensuite parce que les stéréotypes de genre pèsent aussi, même dans une moindre mesure, sur les hommes. Je ne me reconnais pas dans l'archétype de l'homme fort et je ne souhaite pas spécialement m'y conformer. À en croire les masculinistes et les virilistes (je n'en reviens pas que ces mots existent, il faut vraiment être très incertain de sa virilité pour s'en revendiquer), je devrais tout faire pour me rapprocher de l'idéal : le mâle alpha. Mâle alpha, c'est-à-dire[21] : dominant dans la « hiérarchie naturelle ». Mâle alpha, c'est-à-dire : deux mètres de muscles et d'agressivité, triomphant dans la jungle civilisationnelle par ma puissance et mon sens du commandement ; un monstre de sex-appeal et de charisme capable de soulever les foules d'admirateurs et, surtout, d'admiratrices ; un éternel vainqueur, une légende, pour ainsi dire – Teddy Riner, en fait, moins le cerveau, le savoir-vivre, et la couleur de peau. Mâle alpha, c'est-à-dire : convoitant les femelles soumises ? M'enfin ! Je ne veux pas vivre dans un monde où toutes les relations, sans exception, se comprennent par les rapports de force et de domination, parce que ce serait un monde de brutes, où les sentiments, la raison et les arts n'auraient pas leur place. Je ne veux pas d'un monde où les autres seraient soit mes larbins, soit mes rivaux ; il me faut des égaux pour qu'existent l'amitié et l'amour. Est-ce que, sincèrement, je ne trouve pas un intérêt personnel au féminisme, moi, l'homme blanc cisgenre hétérosexuel, ne serait-ce que pour me laisser une chance d'aimer une femme de caractère plutôt qu'une potiche ? De servante n'ai pas besoin, et du ménage et de ses soins, je me dispense[22].

— Ah, non, hein ! Tu vas pas commencer à vouloir parler à notre place ! Tu nous soutiens, c'est cool. Mais c'est aux gens directement concernés de prendre la parole. C'est à nous de dire ce qu'il faut en penser.

Aux gens directement concernés ? Vraiment ? Quand elle m'avait sorti ça, ça m'avait fait sourire. D'abord, parce qu'exclure de la lutte contre les discriminations les gens qui n'en sont pas la cible, c'est condamner la lutte à demeurer minoritaire ; et ensuite, parce que je m'étais immédiatement souvenu d'une autre conversation que j'avais eue un an plus tôt, et qui m'avait laissé sur le cul. Quand j'étais en prépa, au moment fort de la loi sur le mariage homosexuel et de La Manif pour tous, il y avait dans ma classe un homme, homosexuel, et opposé au mariage pour tous. À l'époque, je me disais que, pour avoir une position pareille, il devait avoir des arguments qui sortaient de l'ordinaire, alors j'étais allé l'interroger :

— Dis… c'est vrai que tu es contre l'ouverture du mariage aux homosexuels ?

— Bien sûr.

— Mais… pourquoi ?

— Parce qu'une famille, Arthur, c'est un homme, une femme, et des enfants.

On notera l'ordre dans la liste. Incrédule, j'avais tenté d'en savoir plus :

— Mais… et toi, alors ? Comment tu vas faire, toi ?

— Moi ? Je prendrai une femme pour m'assurer une descendance, et j'irai m'amuser avec des hommes.

Aucune hésitation, aucun tremblement. Son visage avait le sérieux et l'étonnement de celui qui se retrouve forcé d'expliquer l'évidence. Sur le même ton, il m'aurait indiqué comment lire sur le paquet le temps de cuisson des pâtes. Pour lui, rien de plus limpide : son rapport à autrui se limitait à la prédation. Au moins, la preuve était faite qu'on peut être à la fois un sodomite et un trou du cul. Est-ce qu'il fallait le laisser me dicter quoi penser ?

Pour être franc, je trouve que c'est un peu vache de jeter la pierre à celles et ceux qui subissent les violences, et estiment pour cette raison que personne n'est « mieux placé » pour en parler. Parce qu'en effet : personne n'est mieux placé pour en témoigner. C'est tout le sens des groupes de parole, qui ont grandement contribué, depuis les années soixante, à changer le regard de la sphère publique sur les violences vécues par les femmes… ou plutôt à faire exister les violences vécues par les femmes dans la sphère publique[23], où la parole, largement accaparée par les hommes[24], ne laissait entre autres pas voir que l'oppression des femmes ne se limitait pas à la négation de leurs droits dans le droit, et qu'il fallait traiter *politiquement* des problèmes qui jusque-là relevaient de la vie privée, comme le harcèlement sexuel, les violences conjugales (dont le meurtre et le viol), l'asymétrie dans le couple et la vie familiale, etc. Mais bon. Réflexe d'enfance. Quand on me demande de me taire, je défouraille ma langue pour causer à gogo. Ça irrite mon éducation qu'on menotte l'esprit critique. Pas pour rien que j'ai jamais pris de carte de parti. Et même si j'ai toujours admis que la parole des victimes était une étape indispensable, je maintiens que j'ai raison, aujourd'hui encore, de ne pas aveuglément me conformer à ce que les victimes de discrimination croient bon pour elles-mêmes. Non pas que je prétende m'exprimer en leur nom, ni connaître mieux qu'elles ce qu'elles vivent ; mais il me semble qu'il vaut mieux, quand il s'agit de forger son opinion politique propre, réfléchir d'après les données et se méfier par principe des gens qui souhaitent déterminer qui est légitime ou non à décider de ce qu'il faut penser...

Pour peu qu'il faille absolument en penser quelque chose. Sur le sujet, tout le monde a une opinion, le plus souvent fondée sur l'ignorance, et les débats sont vifs, même à gauche[25]. Pour les LGBT, contre les LGBT, oui au mariage mais non à l'adoption, non au mariage mais oui au Pacs, pour ou contre l'ajout de nouvelles cases à cocher dans la paperasse administrative, et vas-y que je débats sur les trans, et que je raconte que c'est pas naturel, ou que c'est naturel, et vas-y que je t'explique que c'est une maladie mentale ou un signe de décadence de notre civilisation, et que je clame partout qu'il faudrait interdire l'éducation sexuelle à l'école parce que ça favoriserait l'apparition de la transidentité[26] (et non pas la disparition des MST ?), et bla, et bla, et bla. Mais malgré l'omniprésence du sujet dans le débat public, les LGBT sont en fin de compte bien moins nombreux que ce qu'on pourrait croire ; assez peu nombreux, en fait, pour qu'on leur foute la paix. En France comme dans le monde, une personne sur dix seulement se considère LGBT. 10 % ? Mais c'est une invasion ! Que fait la police ? Il faut agir, ou c'est toute l'humanité qui risque d'être grand remplacée, si ce n'est de disparaître. Je ne veux pas que mes enfants vivent dans la cage aux folles ! Évidemment, comme toujours, le chiffre est à relativiser. Les LGBT incluent à la fois l'orientation sexuelle et l'identité de genre ou de sexe ; deux réalités très différentes, qui se chevauchent parfois, mais pas toujours. Parmi les LGBT, c'est d'abord, comme on peut s'y attendre, l'orientation sexuelle qui amène le plus gros des troupes. Neuf LGBT sur dix se déclarent homos, bis, pansexuels ou asexuels[27]. Moins d'un tiers sont concernés par la transidentité… soit 3 % de la population globale[28]. Pas de quoi en faire tout un fromage.

Alors, pas étonnant que les LGBT se regroupent en communauté. Tous différents entre eux, avec cette chose en commun qu'ils sont mal vus par les bonnes gens. Avec les mêmes tics agaçants qu'on retrouve dans toute communauté : un certain entre-soi, une méfiance à l'égard des cis-hétéros, des codes conçus pour déterminer qui fait ou non partie du club. Je me souviens, à une soirée, qu'une femme transgenre que je rencontrais pour la première fois m'avait dit pendant la poignée de main :

— Enchantée. Moi, c'est elle. Et toi ? Quel est ton pronom ?

Quel est ton pronom ? Sur le coup, je m'étais demandé si elle était sérieuse. Mon pronom ? Pourquoi me demander mon pronom plutôt que mon prénom ? Que faire ? De l'humour ? Allez, de l'humour :

— On peut se tutoyer.

Ah. La tronche. Faut croire que l'humour n'était pas la réponse attendue. Mais quoi ? Pour elle, qui évoluait principalement dans les milieux LGBT, la question se posait ; et d'ailleurs, j'étais plutôt content qu'elle précise son genre en se présentant. Ça évitait les embrouilles. Mais moi, j'avais rien précisé, alors… pourquoi me demander ?

Une autre fois, la présentation avait tenté d'aller plus loin. Autour d'une pile de crêpes, une pote de pote m'avait sorti :

— Salut ! Moi, c'est elle. Je suis bi. Et toi ?

— Heu… enchanté. Moi, c'est Arthur.

Silence de mort. Mais merde, à la fin ! Déjà que préciser mon sexe avant de donner mon nom me semble un poil incongru, mais alors, parler de mon orientation sexuelle avant de dire que j'aime jouer aux échecs… Comment dire ? Quand on se présente, on dit ce qui nous semble important pour nous. Laissons les autres dire ce qui est important pour eux. Sa réponse :

— Oui, oui, tu dis que t'es pas transphobe, mais bon, c'est ce que tu dis, hein… Tiens : est-ce que tu pourrais tomber amoureux d'un(e) trans[genre/sexuel(le)] ?

— M'enfin ! Ça te regarde ? Je couche avec qui je veux[29] ! Tu veux pas savoir ma position préférée aussi ?

À la réflexion, je pense qu'une autre réponse était possible : « Je ne sais pas. » Je ne sais pas de qui je peux tomber amoureux, parce que l'amour, ça ne se décide pas, pas plus que l'attirance. Je le sais bien, moi, qui ai toujours cru que mon type, c'était les grandes Blacks, et qui suis éperdument amoureux de Blanche-Naine… L'orientation sexuelle n'est pas un choix politique : ce n'est même pas un choix.

Vous savez quoi ? Pied de nez à la vieillesse d'une femme qui garde sa place dans mon cœur, je laisse sur le sujet le mot de la fin à la grande Simone Veil.

« L'histoire nous montre que les grands débats qui ont divisé un moment les Français apparaissent avec le recul du temps comme une étape nécessaire à la transformation d'un nouveau consensus social, qui s'inscrit dans la tradition de tolérance et de mesure de notre pays. Je ne suis pas de ceux et de celles qui craignent l'avenir. Les jeunes générations nous surprennent parfois en ce qu'elles diffèrent de nous. Nous les avons nous-mêmes élevées de façon différente de celle dont nous l'avons été. Mais cette jeunesse est courageuse, capable d'enthousiasme et de sacrifices, comme les autres. Sachons lui faire confiance pour conserver à la vie sa valeur suprême[30]. »

Dont acte. Pour notre bien à tous, foutons-nous la paix les uns les autres.

BILAN : PARESSE INTELLECTUELLE ET GAUCHISME DU DIMANCHE

Les années fac… en toute franchise, ce sont probablement mes meilleurs souvenirs. Enfin, je suis pas très vieux. J'ai le temps de m'en faire de meilleurs. J'ai le sentiment que, quelque part, la fac était pour moi comme une plongée dans le monde réel. Pendant toute mon enfance, quand on m'avait causé de politique, je n'avais eu du monde qu'une idée abstraite. Communisme, écologie, féminisme, tout ça, ça relevait de l'idéologie, du mouvement de pensée, c'était du concept, et pas grand-chose de plus. Mais à la fac, tout changeait. À la fac, il n'y avait plus de communisme, d'écologie, de féminisme. Il y avait à la place des capitalistes, des fachos, des cocos, des écolos, des féministes, et souvent, les gens étaient bien en dessous des idées. Il y avait bien une différence entre la gauche et les gauchistes. Une différence de taille. Peut-être était-ce parce que nous n'étions qu'à la fac ? Ou bien parce que les gens ne sont faits que de chair et d'os ?

Est-ce qu'il faut être un pur esprit pour être de gauche ?

Je ne crois pas. Je crois, tout simplement, que la formation politique des gauchistes n'était, dans la plupart des cas, tout simplement pas à la hauteur. Beaucoup s'étaient formés tout seuls. Beaucoup étaient d'une gauche adolescente, plus en rébellion contre leurs parents que contre le système d'exploitation mondialisée, beaucoup se rêvaient en héros, beaucoup parlaient pour ne rien dire, beaucoup refaisaient le monde autour de bouteilles vides et de paquets de clopes agonisants, et je crois même que, malgré toute mon éducation, il m'était difficile, à moi aussi, de ne pas succomber à la tentation d'émettre de grands discours aussi inutiles que pompeux sur quelque balcon où se tenait une contre-soirée, discours qui me faisaient passer pour le plus instruit, le plus radical, le plus pur et, surtout, le plus acharné, le plus courageux des antisystèmes, jusqu'à ce qu'à trois ou quatre heures du matin, je me résolve à rentrer chez moi, dans le confort de mon lit douillet.

On se disait en dictature. Et prononcer ce mot faisait de nous des héros. Je regrette sincèrement qu'il n'y ait pas eu, sur le campus, la moindre action d'éducation populaire pour nous sortir de ce délire. Pour ma part, j'ai mis trop de temps à mon goût pour prendre un peu de recul. En toute honnêteté, je ne sais même pas comment est venu ce petit sursaut de lucidité. À force d'étudier, je suppose. Ou bien parce qu'un jour, je me suis écouté, et trouvé ridicule. Quoi qu'il en soit, j'ai longtemps professé du haut de mon ignorance. Et j'aurais pu continuer bien davantage, puisque personne ne m'en aurait tenu rigueur. Puisque dans la famille des démocrates, des révolutionnaires, des rouges et des anars, on tolère toutes les opinions, on laisse chacun penser ce qu'il veut, même si c'est quelquefois complètement hors de propos.

Dans le camp de la tolérance, la connerie est trop bien tolérée.

III.

ILLUSIONS PERDUES

Législatives 2017. Circonscription de Thiers-Ambert. J'avais 21 ans, et les militants insoumis me désignaient pour être leur candidat. « Tu sais parler, toi. Et puis, on sait que tu lâcheras pas le morceau. » Alors on s'était mis au travail, comme des fous, et moi le premier, bien sûr. Il était pas question que je lâche le morceau.

C'était comme une fête. Une fête interminable et enivrante. Trois semaines à plein tube, avec des jours trop longs et des nuits trop courtes, trois semaines de frénésie, trois semaines si intenses qu'on en oubliait presque la défaite à la présidentielle. Tous les matins, à sept heures, j'enfilais le costume comme on passe l'armure, et hop, on prenait la voiture et le camion, un gros camion de location sur lequel on avait placardé ma tronche de cake en grand format. On partait battre la campagne dans tous les petits bleds perdus de la circonscription. On sautait de mont en mont, de marché en marché, et partout où on le pouvait, on taillait le bout de gras avec les commerçants et les petits vieux qui avaient juste envie d'acheter leurs légumes tranquilles. On leur glissait nos tracts entre deux feuilles de chou.

C'était en plein été. Il y avait du pollen partout, et de l'ombre nulle part, et moi, l'allergique citadin, moi qui saignais du nez en flux tendu, j'avais franchement pas l'air malin : une fois sur deux, quand je parlais aux gens, je leur parlais dans un mouchoir. On ne pouvait pas dire que je manquais de rouge.

1.

ON A PERDU, BIEN FAIT POUR EUX !

« C'est la victoire qui entraîne la victoire. »

Ça, c'est ce que j'ai martelé à notre première réunion de campagne. Devant moi, vingt visages incrédules. Faut dire, la victoire, à gauche, on connaît pas. Dans la tête de tous les gauchistes, depuis la déception Lionel Jospin[1], les scores pathétiques de Robert Hue[2] et Marie-George Buffet[3], les années Sarkozy, puis la trahison d'Hollande qui nous avait asséné le recul de l'âge de la retraite[4] et les lois Macron[5] et El Khomri[6], gagner c'était pas faisable. On avait trop enchaîné les défaites. On s'était trop fait humilier. Dans nos manifs, personne ne chantait « on va gagner ». Les gens criaient, avec plus ou moins de conviction, le slogan « résistance » grandement popularisé par Mélenchon en 2012. L'époque était bien sombre. Les grenouilles météo et les experts de plateaux télé coassaient que bientôt, l'anticapitalisme serait marginalisé, relégué au folklore, et que le choix qui s'imposerait bientôt aux Français serait entre le clan Le Pen et le libéralisme sauvage. Alors, quand je disais que pour gagner les élections, il faudrait d'abord gagner autre chose, ça leur faisait l'effet d'une double mission impossible. Mais on m'avait chargé de ne pas lâcher le morceau.

« C'est la victoire qui entraîne la victoire. Arrêtez de regarder vos chaussures. Nous militons pour gagner. Je ne veux pas entendre les *si on gagne.* Je ne veux plus entendre les *nous ferions.* Parlez du programme au futur simple. Nous gouvernerons. Nous augmenterons le SMIC. Nous abrogerons la loi El Khomri. Montrez que nous sommes prêts à gouverner. Montrez-vous sûrs que nous y parviendrons. C'est notre meilleure chance d'y parvenir réellement. »

C'est vrai. Personne n'aurait voulu voter pour un candidat qui admettait avant de se battre que la bataille était perdue. Ça, c'était le rôle de la gauche loser, la gauche décorative, celle qu'on aime bien, mais qui nous gonfle tous les cinq ans, à nous priver des quatre ou cinq pourcents dont on avait besoin pour arriver au second tour ; c'était le rôle de Poutou, de Besancenot, de Laguiller (plus tard, celui de Roussel, oups). Seulement voilà : ça n'avait rien d'évident. Dans la culture de la gauche radicale, la défaite est bien enracinée. Elle est notre esthétique, notre coquetterie. Dans nos chansons[7], dans nos tableaux[8], nos livres[9], nos films[10], nos discours[11], même sur nos affiches et nos tracts, la gauche se met en scène en éternelle martyre. Les militants sont des héros tragiques qui relèvent éternellement le drapeau rouge chaque fois qu'il tombe, et qui peuvent s'enorgueillir de lutter avec la défaite pour seul cap. Se battre pour perdre, n'est-ce pas une preuve de panache[12] ? Sans doute. Cette fois-ci, pourtant, les militants se sont laissé convaincre. Peut-être parce que j'étais le candidat, et que ça me donnait une certaine autorité. Ou bien parce que le score de Mélenchon avait été si proche du but[13] que ça avait donné envie d'y croire.

Partout où on allait, partout où on pouvait[14], on faisait une démonstration de force et de sérieux. On installait un stand sur le marché. Pour éviter de faire plouc, on montait un barnum de six mètres de long, avec des banderoles gigantesques qui ne faisaient pas un pli, et trois ou quatre tables sous des nappes blanches en tissu, sur lesquelles on disposait, comme dans un salon du livre, des piles de programmes à distribuer. On branchait une sono. On venait à quinze. Les militants portaient tous le même T-shirt, blanc, avec une impression de notre affiche de campagne devant et derrière, et moi, bien sûr, je portais le costume pour lequel je m'étais saigné à blanc. L'équipe se dispersait et distribuait les tracts. La plupart du temps, il n'y avait pas besoin de bien plus. Et puis, de temps en temps, une à deux fois par marché, on tombait sur quelqu'un qui parlait de ses problèmes. *Je suis homme de ménage, regardez, j'ai les avant-bras rongés par les produits ; je suis employé, et mon salaire est trop gros pour que ma fille ait les bourses, mais trop petit pour lui payer ses études ; je suis commerçant, et j'hésite à me déclarer en auto-entreprise ; et moi, j'ai faim, et les Restos du cœur ne suffisent plus… qu'est-ce que vous ferez pour moi, si vous êtes élu ? Hein ?* C'est là que j'intervenais. C'est là que je pouvais convaincre. Je l'emmenais au stand s'asseoir en face de moi. Je lui servais un café, un thé, un verre d'eau. Et puis je faisais mon travail. Celui que je prétendais faire une fois que je serais élu.

Vous êtes homme de ménage : quels équipements de protection est-ce que vous avez ? Comment ça, rien ? À quand remonte votre dernière visite de la médecine du travail ? Comment, jamais ? Vous ne saviez pas que vous y aviez droit[15] ? D'accord. Appelez ce numéro : c'est celui de la permanence juridique de la Bourse du travail. Voici mon adresse mail : envoyez-moi votre contrat de travail, je vous aiderai à le relire si vous voulez. Votre fille n'a pas les bourses ? Est-ce que vous seriez imposable si elle se déclarait seule ? Non ? Mais il faudrait attendre un an pour qu'elle obtienne son nouvel échelon de bourses. Prenez ce numéro : c'est celui d'une assistante sociale du CROUS. Je la connais, elle est très bien, elle a déjà résolu ce problème de nombreuses fois, elle parviendra sûrement à accélérer le changement d'échelon. Si ça ne suffit pas, voici mon mail :

on verra ce qu'on pourra faire. Vous êtes commerçant, vous vendez des légumes sur le marché… C'est vrai que l'auto-entreprise signifie souvent un autre revenu net, mais attention, vos cotisations sociales ne seront plus les mêmes. Ça aura des répercussions sur votre chômage et votre retraite. Est-ce que vous connaissez le statut de micro-entreprise ? Et le régime micro-BIC[16] ? Est-ce que vous avez comparé ? Tenez, voici le numéro d'un de nos militants : il est comptable, il saura vous conseiller. Vous avez faim ? Avant toute chose, vous voulez un gâteau avec votre café ? Une militante a préparé un cake avant de venir. Vous avez sûrement droit à l'aide alimentaire du CCAS[17] et aux épiceries sociales et solidaires[18]… Et puis, il n'y a pas que les Restos du cœur. Vous avez un téléphone ? Super. Prenez ce numéro, c'est celui d'un de nos militants. Je le préviendrai de votre appel. Sonnez, il vous rappellera. Il est au Secours populaire, il vous aidera. N'hésitez pas à me recontacter si vous avez quelque problème que ce soit.

C'est trop dur, pour quelqu'un qui lutte pour survivre, de se dire que peut-être, ses problèmes seront résolus, un jour, d'ici cinq ans, si et seulement si dans une majorité de circonscriptions les élus de gauche arrachent un siège à l'Assemblée nationale, sans ensuite s'entre-déchirer parce qu'un Glucksmann fidèle à la tradition du Parti socialiste annonce sa trahison au lendemain des élections.

Dans ma circonscription, j'ai rencontré des gens qui savaient à peine lire, ou qui ne s'intéressaient qu'à leur commerce, qu'à leurs enfants, qu'à leur survie, *et c'est normal.* Quel imbécile serait allé leur en faire le reproche ? Quel niveau d'aveuglement, ou de frénésie trotskiste, faut-il pour servir un sermon politique en réponse à une détresse pareille ? Un peu de bon sens. On ne prouve pas aux gens qu'on leur sera utile en leur disant de voter pour nous, et en leur promettant qu'ils misent sur le bon cheval. On prouve qu'on leur sera utile en leur étant utile tout de suite. Pendant toute mon enfance et mon adolescence, j'avais vu mes parents faire ; et à mon tour, je reprenais à ma sauce le flambeau de l'éducation populaire à la Alinsky : se rendre utile aux gens, leur faire obtenir des petites victoires faciles qui motivent pour des combats plus ambitieux ; les intéresser aux lois, aux institutions, à la politique, à ce qui a permis de les tirer de leurs tracas... enfin seulement, structurer des initiatives collectives. C'était là la recette du long terme, le moyen de politiser les plus résolus des abstentionnistes, des résignés. Bien après les élections, j'ai persévéré dans cette méthode, qui s'est avérée incroyable. J'ai vu des gens profondément racistes changer d'opinion, et donner aux associations de défense des réfugiés. J'ai vu des illettrés déchiffrer les journaux, des crève-la-faim explorer Légifrance[19]. Des « tous les mêmes t'façon » distribuer des tracts.

Dans la cinquième circonscription du Puy-de-Dôme, où Chassaigne assoit son fief depuis vingt ans[20], la victoire en 2017 était bien sûr inaccessible. Les observateurs nous donnaient à 1 %. Les électeurs nous ont portés à 7 %. Pas mal. Un bon début de travail dans cette terre où, depuis trois quinquennats, le député coco se faisait élire « à la Chirac », en évitant soigneusement de parler politique, et en jouant le bon petit gars du pays pour conserver le vote des gens dont le cœur se faisait conquérir par le Front national. Le soir des résultats, salve d'applaudissements dans notre salle de réunion. Personne ne s'attendait à un score « aussi haut ». Je prends la parole. Je félicite tout le monde. Il faut continuer, capitaliser sur ce bon résultat pour progresser encore ; cinq ans, ça laisse le temps de se rendre utile et de convaincre, et… devant moi, les visages sont défaits. La joie laisse place à l'amertume : nous ne sommes pas au second tour. Les militants sont envahis par le dépit. Quoi ? Quand on se bat pour gagner, on ne gagne pas tout de suite ? Mon mandataire financier se lève. « Pourquoi est-ce qu'on aiderait des gens assez obstinés dans leur connerie pour ne pas voter pour nous ? Eh bien, qu'ils se prennent cinq ans de Macron, là, voilà, bien fait pour leur gueule. Ça leur apprendra, tiens. La prochaine fois, ils réfléchiront peut-être avant d'aller aux urnes. » Discours salué par les militants.

Pour des héros de l'avant-garde du progrès humain, les militants se montrent parfois d'une bassesse féroce. Ce soir-là, après trois semaines de course effrénée, la fatigue l'a emporté. J'ai préféré me taire. Il y avait beaucoup à dire, pourtant ; mais je crois que sur le moment, je préférais préserver ma santé mentale plutôt que de me dresser contre la vanité de ma propre famille politique. Je crois que je regrette un peu.

2.

LE POUVOIR, C'EST LE POUVOIR… LA POLITIQUE, C'EST L'OMNIPOTENCE

Question centrale dans mon éducation : qu'est-ce que le pouvoir ? Quand j'étais gosse, c'était facile : lancer des boules de feu, chevaucher un dragon, et surtout posséder l'Anneau unique qui permettait de les gouverner tous et, dans les ténèbres, les lier. Les élections présidentielles, ça vous attrapait un Chirac ou un Sarkozy, et pouf ! ça vous le transformait en seigneur des ténèbres, capable de casser le Code du travail, de bombarder les pays du tiers-monde, ou de lire *Le Temps des tempêtes* pour Audible.

Ça, c'était du moins ce que m'apprenait la télé. Ce que mes parents m'inculquaient correspondait davantage à une conception très Rome antique du gouvernement et de l'administration ; et avant toute chose, il fallait que je distingue les pouvoirs de l'argent, des institutions, de l'autorité, du charisme, de la force. Et puis, au cours de ma vie de militant, j'ai adopté sur le pouvoir politique une conception plus contemporaine, plus conforme à l'état de l'écriture du droit. J'ai lu Durkheim, Weber, Machiavel, Rousseau, Hobbes, des tas d'auteurs qui traitaient de la chose politique ; mon point de vue a sans cesse bougé ; j'en suis venu à me dire qu'il était périlleux de définir *stricto sensu* des mots aussi vagues que « politique » ou « pouvoir ». En fin de compte, je crois que le pouvoir, c'est surtout une pratique, un genre de savoir-faire, une tambouille, un art, certainement pas une science en tout cas ; un mélange très au pif d'économie, de droit, de philo, de communication, de négociations, d'expérience pourquoi pas, de rhétorique, d'imagination, de tactique. Le pouvoir politique, c'est difficile à acquérir : c'est encore plus difficile à exercer. Autant s'y préparer avant d'être investi, et commencer, bien en amont, à plancher sur les dossiers chauds et les affaires courantes.

Ce qui m'a tout de suite frappé, quand je me suis retrouvé candidat aux législatives, c'est à quel point les gens sont exigeants envers les politiques, comme s'il était possible d'être omnipotent et omniscient. À une de mes premières réunions publiques, où je parlais de l'ambition de La France insoumise pour les hôpitaux de proximité, au moment des questions, un homme s'insurge :

— Oui, oui, vous parlez d'investir dans l'hôpital, c'est très bien, mais bon… l'hôpital de Billom, il est très bien, hein ! Ce serait bien d'arrêter de critiquer !

— Hum…

Le centre hospitalier de Billom. Je venais de dire qu'il me semblait insuffisant, à Billom, d'avoir un hôpital qui ne comptait que cinq ou six unités de soins, et qu'il ferait certainement partie des hôpitaux pour lesquels une majorité de gauche à l'Assemblée nationale demanderait à l'agence régionale de santé d'injecter assez d'argent pour ouvrir de nouveaux services…

— Et puis, les médecins et les soignants, ils font tout leur possible pour que l'hôpital tienne debout. Vous dites vraiment n'importe quoi !

Dans le jargon, ça, ça s'appelle un casse-couilles. Il fallait absolument faire quelque chose. Ne pas me laisser traiter d'incompétent devant tout le monde, tout en restant le plus courtois possible, tout en ne l'agressant pas pour ne pas endosser le rôle du méchant.

— Alors bon, on critique tout le temps le système de santé, mais ce serait bien d'arrêter de nous taper dessus à la fin !

Nous ?

— Excusez-moi, monsieur… je vais répondre à votre question, ne vous inquiétez pas, mais d'abord, dites-moi : vous êtes médecin, je suppose ?

— Oui, j'ai été médecin à l'hôpital de Billom pendant plus de vingt ans.

Bingo.

— Ah, mais c'est parfait ! Vous allez sûrement pouvoir m'apprendre des choses. Vous savez ce que c'est, mon équipe fait des fiches, et parfois, il y a des erreurs… *(farfouille dans mes papiers)* mais vous allez m'aider à rectifier. Si vous trouvez cet hôpital suffisant, cela signifie qu'il dispose, contrairement à ce qui est écrit là, d'un service de cardiologie ?

— Non.

— Des urgences ?

— Non.

— De gynécologie, d'obstétrique ?

— Non.

— De pneumologie, alors !

— Non.

— Ah. Il y a tout de même des manques.

Rires dans la salle. Ça partait bien. Le casse-couilles se débattait encore :

— Oui, oui, mais, tenez, vous parlez d'un service de cardio, là, mais… on n'en a pas besoin ! L'hôpital de Clermont est à une demi-heure d'ici, c'est largement assez proche pour prendre en charge une crise cardiaque dans les délais !

— Si vous habitez Billom, je suppose, oui. Mais vous, là, monsieur… *(désigne quelqu'un dans le public)* vous avez bien dit tout à l'heure que vous habitiez sur les hauteurs, autour de Billom ?

(acquiescement) Eh bien, je suppose que le jour où vous ferez une crise cardiaque et que, vingt minutes plus tard, vous arriverez à l'hôpital de Billom, vous serez rassuré d'apprendre qu'on vous prendra en charge trente minutes plus tard.

De nouveau, rires dans la salle. J'étais sur le bon chemin. Mais le casse-couilles était tenace :

— Tss... vous dites ça, mais vous savez, au moins, quelles machines il faut mettre en place pour ouvrir, tiens, un service d'urgences par exemple ?

Aïe. Une attaque bien basse. Bien sûr que non, je ne savais pas. Je n'étais pas médecin, moi ! C'est toujours le problème, en politique : on parle de tout, parce que c'est nécessaire, mais en contrepartie, on n'est jamais expert de rien.

— Monsieur, bien sûr que non, je ne sais pas. Mais quelle importance ?

— Vous savez combien ça coûte ?

— Je sais quel est le prix de la vie humaine.

Silence. Tout le monde retenait son souffle.

— Monsieur, vous êtes médecin, et je serais bien mal avisé de vous apprendre votre métier. Je ne vous dirai pas comment un hôpital doit fonctionner pour fonctionner ; d'ailleurs, je ne suis pas candidat à la direction d'un centre hospitalier. Je ne doute pas que l'hôpital de Billom fait de son mieux, et je ne me permettrais pas de mettre en cause les soignants : j'ai fait tant de manifestations avec eux pour défendre le système de santé ! Je vous dirai simplement ceci : quand nous serons au pouvoir, nous investirons massivement dans les hôpitaux pour ouvrir des lits, des services, pour engager plus de personnel. Je ne sais pas quelles machines seront nécessaires, et ce n'est pas mon rôle de le savoir : nous donnerons le budget, et c'est à des gens comme vous, monsieur, qu'il reviendra d'écrire notre liste de courses.

— Vous allez encore nous endetter !

— C'est faux, mais j'y viendrai. Il y a plus important : quand vous-même, monsieur, vous serez en danger de mort, ou malade, ou en fin de vie, vous ne vous demanderez pas de combien l'État s'est endetté pour prendre soin de vous. Vous vous accrocherez à la vie, et vous trouverez pour s'occuper de vous des gens qui, comme vous, monsieur, feront tenir l'hôpital debout. Concernant la dette, si vous me permettez de revenir sur le chiffrage de notre programme...

Heureusement, les casse-couilles n'étaient pas le gros des électeurs. La plupart des gens, il faut le dire, me parlaient avec le plus grand respect. Pour ne pas dire avec déférence. Ils avaient l'air d'avoir intériorisé des réflexes hérités de leurs ancêtres roturiers sous l'Ancien Régime, et s'adressaient à moi comme l'auraient fait les serfs au baronnet local. Deux semaines plus tôt, ils me seraient passés à côté sans me voir ; mais dès lors qu'il y avait mon visage sur les affiches, qu'ils me trouvaient entouré de l'équipe de campagne et que je leur apparaissais dans mon costume tout neuf, dans mes chaussures bien cirées, auréolé de l'étiquette France insoumise, ils devenaient confus, et se figuraient soudain que je devais faire partie de la caste politique depuis le berceau, comme c'était le cas de tous les gens de gouvernement. Certains, même, me demandaient pourquoi je n'avais pas déjà voté telle ou telle loi, ou si je comptais cumuler mon mandat de député avec un autre, alors que je n'avais jamais été élu nulle part, et que, du haut de mes vingt et un ans à l'époque, j'aurais eu toutes les peines du monde à me faire élire, cinq ans plus tôt, quand je n'avais pas encore le droit de vote. Et puis, il y avait les autres. Ceux qui en avaient gros sur la patate. Ceux qui allaient attraper le premier politicard qui leur tomberait sous la main pour lui dire leur façon de penser. Je m'étais préparé, du mieux que je le pouvais, à toutes les attaques qui allaient m'arriver des politiciens, des apparatchiks, des militants, des journalistes ; et je me suis, avant toute chose, confronté à l'ignorance du peuple que je me proposais de représenter. Sur un marché, un vieux me prenait par le col, et me hurlait au visage qu'il ne voterait jamais pour un « blanc-bec qui n'avait même pas fait son service militaire » ; un autre me reprochait de « gagner dix mille par mois et de ne même pas avoir honte », et le moins qu'on pouvait dire, c'est que j'aurais aimé mériter ce reproche, moi qui surnageais tout juste avec mes huit cent cinquante balles. Beaucoup me parlaient de Mélenchon, pour qui ils nourrissaient une haine qui frisait quelquefois la passion religieuse ; ils m'en parlaient comme si je le connaissais personnellement, comme si nous étions deux vieux amis, comme si j'allais lui faire remonter, quand nous nous reverrions pour le goûter du dimanche après-midi, les doléances de ses détracteurs du marché de Cunlhat, et qu'il s'écrierait : « Mais c'est bon sang de bien sûr ! C'est comme ça que je devrais faire ! Heureusement que tu as croisé Jean-Michel-Eudes-Aristide Réac et Gontrand Justicier… qu'est-ce qu'on ferait sans eux ? » Et on s'extasierait sur l'expertise du tout-venant.

De manière générale, il y avait cette croyance que les élus, quels qu'ils soient, avaient le pouvoir de résoudre tout type de problème, comme si les institutions de la Ve République donnaient aux élus une autorité diffuse. Un jour, dans la boîte mail de campagne, des parents d'élèves exprimaient leur indignation : l'intendance du collège du coin facturait un repas du samedi midi… alors que la cantine fermait le vendredi. Qu'est-ce qu'on allait faire pour eux, hein ? C'est vrai, ça, qu'est-ce que j'allais faire pour eux si j'étais élu député ? Ni une, ni deux, je prends mon téléphone.

— Allô oui ? Bonjour madame, Arthur Nesnidal à l'appareil, candidat France insoumise dans la cinquième circonscription du Puy-de-Dôme. Je me permets de vous appeler parce que je viens de recevoir votre courriel concernant les difficultés que vous rencontrez avec l'intendance de votre collège… Je ne vous dérange pas ?

— *Ah ? Oui, bonjour. Non, non, excusez-moi, je suis un peu surprise, mais… Oui, voilà, je vous demandais ce que vous feriez pour nous si vous étiez élu.*

— C'est bien ce que j'ai lu, oui. Écoutez, je pense que ma réponse va vous surprendre, mais en tant que député, je ne pourrai rien faire pour arranger cette situation.

— *Comment ça ?*

— Eh bien, les députés légifèrent, ils votent les lois à l'Assemblée nationale, mais ils ne sont pas en charge de les faire appliquer ou de poursuivre en justice les contrevenants… sans compter qu'ils n'ont aucun pouvoir sur l'administration des collèges.

— *Quoi, vous n'allez rien faire pour nous ?*

— Si, bien sûr que si madame. Je vais vous conseiller, mais à titre personnel. Je suppose que vous ne souhaitez pas vraiment agir en justice… La procédure est longue est coûteuse. Dites-moi : est-ce que vous savez que c'est le conseil départemental qui a la compétence des collèges ?

— *Heu… non.*

— C'est ce qui me semblait. Voilà ce que je vous recommande : déjà, prenez contact avec le responsable départemental de la FCPE, je vous envoie son contact par SMS dès que nous aurons raccroché. Je réponds de lui, il est excellent. Ensuite, je vous recommande de prendre rendez-vous au conseil départemental pour vous plaindre de la situation à un élu compétent.

— *Ça risque de prendre du temps.*

— C'est vrai. Mais il vous reste encore une cartouche. Il se trouve que, dans notre circonscription, il y a quelqu'un qui a tout intérêt à vous répondre, puisqu'il est candidat aux législatives, et qu'il est actuellement élu au département. Est-ce que vous avez pris contact avec M. Bétenfeld ?

— *Heu... oui, oui, on a envoyé ce mail à tous les candidats.*

— Eh bien, puisqu'il est déjà élu au département, il a le pouvoir de résoudre ce problème sans délai. Il lui suffit de prendre son téléphone pour appeler le collège, et de donner des ordres.

— *Mais... c'est-à-dire, vous êtes le seul candidat à nous avoir recontactés.*

Ça me faisait tomber des nues que les gens ne sachent jamais vraiment qui faisait quoi dans la Ve République. À croire qu'aucune base n'était transmise à l'école publique, un peu comme dans un vieux régime élitiste où l'on aurait souhaité que le peuple en sache le moins possible sur son mode de gouvernement. Peut-être était-ce parce qu'il semblait contre-intuitif de parler de sujets nationaux au cours d'une élection qui se déroulait à une échelle locale ? Au reste, même parmi les élites, la chose ne semblait pas très claire. Au micro de France 3, comme les autres candidats, je devais répondre à une question des plus… difficiles : « Comment préserver et développer l'emploi industriel dans la circonscription de Thiers-Ambert ? » Qu'est-ce que vous voulez qu'on réponde à un truc pareil ? Cette question n'a autrouducune pertinence : les députés votent des lois qui s'appliquent sur tout le territoire national. Ç'aurait eu plus de sens de nous demander quelle stratégie adopter pour mettre fin à la guerre en Syrie, quelle était notre position sur le nucléaire, ou sur l'industrie française *en général.* Ç'aurait eu plus de sens de poser cette question à un candidat aux élections régionales, départementales, municipales… mais bien sûr, impossible de répondre ça : d'abord, y avait pas le temps ; ensuite, ça aurait fait très mauvais genre de ne pas répondre directement à la question posée, parce que quand on répond pas directement à la question posée, on passe soit pour un pratiquant de la langue de bois, soit pour un type qui ne sait pas résoudre les problèmes, autrement dit, si on se montre honnête, on est au choix le premier des faux culs, ou le dernier des branlos. Me voilà donc en train de parler de partage du temps de travail, d'amélioration des infrastructures ferroviaires, de taxe sur les sociétés, de plans d'investissement nationaux en pointant autant que possible les secteurs où la circo avait une industrie... pas terrible, mais bon. Faute de grives, on enfile des perles.

Si vous vous présentez à une élection, je vous recommande ceci : préparez-vous, et tenez-vous prêt. Préparez-vous sur les dossiers, tenez-vous prêt à batailler contre l'ignorance et la désinformation. Vous ferez moins de mal à vos adversaires, peut-être. Mais vous ferez du bien à la démocratie.

3.

MAGOUILLES DANS LE MARIGOT

J'éprouve une immense frustration, en écrivant ce bouquin, de ne pas pouvoir coucher sur le papier tout ce que je voudrais raconter. Déjà, parce que j'ai personnellement assisté, voire participé, à pas mal de choses dont je n'ai pas gardé de preuves ; et j'aimerais autant éviter de perdre des procès pour avoir dit la vérité. Ensuite, parce que je n'ai pas la place. Je me suis juré, en commençant ce travail, d'éviter autant que possible les explications longues et emmerdantes, et croyez-moi, ce sacrifice, je le fais pour vous, car oui, c'est bien un sacrifice : je dois lutter contre moi-même. Je suis verbeux au naturel.

Mais baste. Il y a des événements qui se produisent, pendant les élections, qui ne sont pas publics, et puisque je déplore que le public ignore comment la politique politicienne fonctionne, eh bien, allez, hop, je vous mets ici pas une, non, mais *deux* anecdotes. Entre nous, on n'en est plus à un hors-sujet près.

a. Comment j'ai dû doubler des camarades pour la cause

En devenant candidat, je me suis rendu compte qu'une campagne électorale est un casse-tête d'organisation logistique. Il y a une tonne de choses à penser, de matériel à déplacer, d'argent à dépenser. Fatalement, il y a toujours des couacs.

L'un d'eux, en particulier, venait du siège national. La France insoumise avait fait appel à un transporteur privé pour acheminer, dans toutes les circonscriptions de France, le matériel de campagne. Et le camion était en retard. En retard d'une heure ou deux. Vous me direz, en retard, ce n'était pas très grave ; on peut coller des affiches une ou deux heures plus tard dans la journée ; et vous auriez raison, si ça n'avait pas été du matériel *officiel* qu'il s'agissait. Plus spécialement les professions de foi, qui devaient être glissées dans les enveloppes électorales par les fonctionnaires que la préfecture du Puy-de-Dôme avait détachés ; et les fonctionnaires avaient autre chose à faire que d'attendre gentiment le livreur dans le hangar où ils glissaient des dizaines de milliers de professions de foi dans des dizaines de milliers d'enveloppes. Il fallait absolument que le camion arrive plus vite, ou notre profession de foi ne serait tout simplement pas distribuée aux électeurs.

Heureusement, le retard arrive en avance à mes oreilles. Branle-bas de combat. Coup de fil au national. Une militante, au téléphone, me dit de ne pas m'inquiéter. Je m'inquiète. Je raccroche. J'appelle directement le transporteur. Le transporteur me dit de ne pas m'inquiéter, que la livraison sera bien effectuée à la préfecture du Puy-de-Dôme, avec moins d'une heure de retard. Je m'inquiète.

— Ce n'est pas à la préfecture que vous devez livrer, mais dans un hangar industriel en périphérie de Clermont !

— Ah, monsieur, je suis désolé, monsieur, mais sur mon bon de livraison, c'est bien écrit qu'on doit livrer à la préfecture.

— Et sur votre bon de livraison, c'est aussi écrit que vous pouvez livrer avec une heure de retard ?

— Mais…

— Excusez-moi, monsieur, mais vous allez devoir changer l'adresse de livraison dans ce cas. Et je vous suggère d'arriver là-bas avec moins de vingt minutes de retard…

— Monsieur, le livreur doit d'abord passer ailleurs faire une autre livraison, et…

— Et ce sera notre livraison d'abord.

— Mais…

— Vous savez, La France insoumise dispose d'avocats fort nombreux, fort compétents, et fort teigneux *(bluff total, je n'en sais rien du tout)*. J'aimerais autant me passer de vous les présenter. Moins de vingt minutes !

Quelques minutes plus tard, le siège m'appelait pour me dire que le livreur n'estimait plus son retard qu'à une quinzaine de minutes ; comme quoi, je n'avais pas besoin de m'inquiéter. Pas le temps de souffler : la commission de propagande était sur le point de débuter. La commission de propagande (quel nom horrible, mais c'est bien ce que c'est), c'est une réunion, avant les élections, où l'on vérifie la conformité légale du matériel officiel de campagne. Il y a un représentant de la préfecture, un secrétaire, le responsable de l'envoi des enveloppes électorales, les candidats de toutes les circos du département, et le tout est présidé par un magistrat tout exprès désigné par le premier président de la cour d'appel. Un juge bien sévère et bien sérieux, qu'il vaut mieux éviter de chatouiller de trop près. Un qui ne croit qu'en deux choses : la loi et la loi.

J'avais ouvert l'oreille aux bruits de couloir, en prenant l'air aussi stupide que possible. Ça demandait pas beaucoup d'efforts. Apparemment, il y avait deux autres formations qui étaient en retard : Les Républicains et Lutte ouvrière, et eux, en particulier, flippaient, parce qu'ils n'avaient pas résolu le problème avec leur livreur, et qu'ils ne savaient pas quel serait le retard. La candidate disait qu'elle demanderait un délai de grâce d'une heure au président de la commission. Ça m'avait l'air mal engagé ; je voyais mal le juge céder pour un délai aussi long.

— Arthur, vous êtes tellement dans la merde !

Ça, c'est ce que m'avait dit Alain Laffont à mon arrivée. C'était le candidat France insoumise de la première circonscription du Puy-de-Dôme. Je développe pas plus, c'est le personnage principal de ma prochaine anecdote.

— Vous êtes tellement dans la merde... tellement !

Ça avait l'air de lui faire plaisir.

— Ta gueule, Laffont. T'aides pas, là. T'aggraves.

Une seconde plus tard, la porte s'ouvre. Tout le monde entre. Ambiance conseil d'administration, avec tout le gratin assis autour de tables disposées en carré. Le président ouvre la séance. Il fait les remarques d'usage, prend les documents l'un après l'autre et se met à en vérifier la légalité. Il adresse une remarque au Front national. Oui, l'usage du bleu-blanc-rouge est autorisé dans le logo des partis, et à ce titre, la flamme du FN peut figurer sur leur doc, mais attention, dans la profession de foi, les titres alternativement bleus et rouges suggèrent le drapeau français, ce qui est interdit. Le candidat répond qu'aucun texte n'apparaît en blanc pour corroborer la « suggestion » du magistrat.

— Vous vous moquez de moi ?

— ...

— Les autres candidats Front national du département, au moins, ont eu la lucidité de ne pas essayer de jouer avec le code électoral.

— Mais...

— Votre profession de foi ne sera pas distribuée.

— Mais…

Mieux vaut ne pas jouer à chat quand c'est avec un tigre.

— Vous voulez qu'on réexamine vos bulletins de vote ?

Fin du débat. La candidate LO lève la main.

— Excusez-moi…

— Oui ?

— Heu… voilà… je voulais vous le signaler aussitôt que possible : nous accusons un retard dans la livraison du matériel officiel de campagne.

Le juge pousse un profond soupir, bien grave, bien long, un de ces soupirs qui marque l'exaspération suprême du mauvais dieu que l'aventurier suicidaire tire de son sommeil. Le candidat LR lève la main.

— Nous aussi.

Je lève la main.

— Nous aussi.

Soupir de plus. Le président revient à la candidate LO. Pas de chance, fallait pas parler trop vite. Comme au collège, quand on avait pas fait nos devoirs et que le prof engueulait toujours plus celui qui avait les tripes de se dénoncer le premier.

— Et qu'est-ce que vous proposez ?

— Heu… Nous aurions bien voulu proposer un délai de grâce ?

— Et de combien de temps ?

Surtout, éviter qu'elle dise « une heure ». Pas question de se faire envoyer sur les roses parce qu'elle tente l'impossible. Elle ouvre la bouche : mais déjà, c'est moi qui parle.

— Quinze minutes ? Je crois que quinze minutes seraient amplement suffisantes pour effectuer la livraison, tout en ne retardant pas trop le travail des fonctionnaires.

Le juge se détend d'un millimètre.

— Si c'est pour quinze minutes… c'est assez raisonnable.

Il revient à la candidate LO.

— Très bien, alors j'accorde aux candidats un délai de grâce de vingt minutes. Et sachez le tenir, il n'y en aura pas d'autre.

Fin du débat.

Je ne sais pas si Lutte ouvrière a tenu son délai. C'était un peu gênant de leur forcer la main. C'est vrai, quoi, les trotskistes, c'est comme des cousins. On n'a pas trop envie de leur marcher dessus. Seulement, il fallait bien qu'on l'obtienne, nous, ce délai, sans quoi, comme disait Laffont, on aurait été dans la merde. En politique, quand la situation l'exige, y a pas de cousin qui tienne.

b. Syndicat d'enseignants cherche politiques donneurs de leçons

Un après-midi, pendant mes révisions du chiffrage du programme, je reçois un coup de fil.

— Arthur ? C'est Max[1], de l'équipe d'Alain Laffont. Tu me remets ?

Vous vous direz que l'approche est directe. Pas de « bonjour », pas de « comment ça va », pas de « j'espère que je dérange pas ». Rien de plus normal. Entre militants, pendant une campagne électorale, on essaie de ne pas perdre son temps en vains salamalecs.

— Ah, oui. Qu'est-ce qui t'amène ?

— Écoute, on a reçu un appel des représentants des syndicats de l'enseignement. Ils veulent nous rencontrer.

— Eh ben, c'est super, ça. Rencontrez-les.

— Non, ils veulent rencontrer tous les candidats insoumis du Puy-de-Dôme. En même temps.

Curieux qu'ils ne nous aient pas appelés.

— Ah bon ?

— Oui. Ça serait possible que tu te dégages une date ? Genre... disons, mardi prochain, 14 heures ?

— C'est chiant, ça. Je devais faire une réunion publique. T'es sûr qu'il y a vraiment besoin de moi ?

— Ah, oui, à mon avis, ça va être important. Ça serait bien que tous les candidats soient là.

— Bon, bon. Tant pis, je vais bousculer l'agenda.

— Super ! À mardi.

— Salut.

Petit saut dans le temps, et me voilà dans la voiture en direction de Clermont et du QG de campagne de ce bon vieux Alain Laffont, et puisqu'on a tout le trajet, et que j'ai pas besoin de me concentrer sur la route puisque c'est un ami qui nous conduit, le moment me semble indiqué pour vous en raconter un peu plus sur le sieur. Élu d'opposition à la mairie de Clermont, Alain Laffont était connu comme le loup blanc ; et avec tout le respect que je dois aux morts, c'était à mes yeux le parangon des combinards de première catégorie. Le genre de requin qui me débectait. Je n'ai presque jamais rien entendu sortir de sa bouche qui ne soit autre chose que des leçons de tactique politicienne, d'accords secrets de coin de table entre partis, ou de choix d'étiquette. Ce n'est que bien plus tard (après sa mort, en fait) que j'ai appris sur lui ce qu'il faisait de bien. Le type était médecin dans les quartiers les plus pauvres. Il se déplaçait chez les gens, alors que personne ne le faisait déjà plus, et il le faisait sans dépassement d'honoraires. Ça lui arrivait même de ne rien faire payer aux patients qui n'avaient pas de complémentaire. Avec tout ça, à Croix-de-Neyrat, il crevait le plafond des suffrages ; ce qui, d'ailleurs, me conforte encore aujourd'hui dans l'idée – qu'il ne partageait pas, bizarrement, lui qui l'expérimentait pourtant – que résoudre les problèmes des gens rapportait plus de votes que les négociations au sommet entre cadors d'appareils politiques. Dommage que je l'aie connu au mauvais moment. J'aurais certainement préféré qu'il soit mon toubib plutôt que mon allié politique. Ou bien qu'on soit devenus alliés avant la campagne des législatives, histoire que j'aie le temps de voir le meilleur de lui avant d'en voir le pire. Bref. Me voilà arrivé. Je descends de voiture.

Autour de la table, tous les candidats insoumis du Puy-de-Dôme, et deux représentants du Snes-FSU, premier syndicat des enseignants du secondaire. Alain Laffont se racle la gorge et ouvre la discussion sur… le programme. Inhabituel. Est-ce que j'avais méjugé le gazier ? Le voilà qui explique, mesure après mesure, ce que contient *L'Avenir en commun* concernant l'Éducation nationale. Au bout d'un moment, l'un des syndicalistes lui coupe la parole.

— Oui, oui, vous savez, on connaît bien le programme de La France insoumise sur l'éducation. D'ailleurs, il est largement inspiré de propositions que nous soutenons déjà depuis plusieurs années.

Et Laffont de reprendre sur le programme, comme s'il n'avait jamais été interrompu. Quand trop de choses inhabituelles se passent en même temps, on finit par suspecter une affaire louche. Je guette, je guette, je repasse les événements dans mon crâne, et puis, au bout d'interminables minutes de cogitation, je finis par percuter.

Le salaud. Je me suis bien fait avoir.

Alain Laffont reprend son souffle. Je lui pique la parole.

— Pardon… *(Jouant le jeune naïf effarouché.)* Je me pose une question… Je me doute que c'est sûrement parce que je manque d'expérience, mais, enfin, j'aimerais bien qu'on m'éclaire sur un sujet.

Laffont incline la tête, avenant, comme pour m'encourager à poser ma question. Au milieu de son expression toute pleine de bonnes intentions, ses yeux me lancent des éclairs. Je reprends :

— Ça ne vous ennuie pas ? Je sais que je vous coupe, tous.

— Mais non, fait Laffont. Je t'en prie, Arthur, on t'écoute. Qu'est-ce que tu n'as pas compris ?

En repensant à la tête qu'il me tirait, il m'arrive encore d'éclater de rire.

— Merci, Alain. Voilà. D'ordinaire, quand des syndicats interpellent une formation politique, c'est parce qu'ils aimeraient apporter des modifications au programme que défend cette formation. Mais… *(me tournant vers les syndicalistes)* vous venez de nous dire, pardon, que vous adhériez au programme de La France insoumise sur l'éducation, au moins dans les grandes lignes, et même que vous étiez à l'origine d'un certain nombre de nos propositions. Raison pour laquelle je me demande : pourquoi nous sollicitez-vous ?

Pendant que je parlais, les deux syndicalistes haussaient de plus en plus les sourcils. L'un d'eux, finalement, se redresse et me dit :

— Mais justement, c'est vous qui nous avez demandé de venir, pas l'inverse. C'est à nous de vous demander pourquoi vous nous sollicitez.

Gros silence. Tous les candidats insoumis fixent Alain Laffont. Tout le monde a compris. Mission accomplie. Je me renfonce dans mon fauteuil. Alain Laffont a une petite toux de circonstance, et se relance dans un discours qui change du tout au tout.

Cette fois, il va droit au but : les syndicats de l'enseignement doivent appeler à voter pour les candidats de La France insoumise. Macron vient d'être élu et de nommer Blanquer à l'Éducation nationale. Blanquer sera horrible ; il le sait, il le dit, il l'annonce : les profs vont souffrir. Le désastre est proche. L'école de la République va tomber en ruine, et les élèves aussi, et face à la catastrophe qui s'avance, face au naufrage qui s'annonce, une seule solution : appeler à voter pour La France insoumise.

Devant cette menace, les syndicalistes font la moue. Appeler à voter pour un candidat, ils l'ont déjà fait avec Hollande ; et ça leur a coûté très cher. Alors, vraiment, plus question de rompre avec la charte d'Amiens[2]. Alain Laffont fulmine.

— Il *faut* rompre avec la charte d'Amiens ! Vous ne comprenez pas que si nous perdons les élections, Macron et Blanquer pourront faire ce qu'ils veulent ?

Bien sûr, que ceux qui gagnent les élections gouvernent. C'est le principe même d'une élection. Rien qui ne justifie de demander aux syndicats de rompre avec leurs textes fondateurs. Autour de moi, les autres candidats acquiescent. Je me lève. Tout le monde me regarde.

— Bien. Écoutez, me concernant, je ne suis pas venu tordre le bras aux syndicats. L'indépendance des syndicats me paraît essentielle, et non négociable. Si c'est le seul objet de cette réunion, eh bien… je suis désolé, mais je vais devoir m'en aller… J'ai d'autres rendez-vous.

Ce jour-là, j'ai dit à Max de bien vouloir ne plus me téléphoner pour me proposer des réunions en me dissimulant les objectifs réels de son équipe. Il s'y est tenu. Il ne m'a plus appelé tout court.

En politique, lorsque les circonstances l'exigent, il n'y a pas de cousin qui tienne. Mais quand les circonstances ne l'exigent pas… on peut se préserver un peu de moralité.

4.

LE CHE, JAURÈS ET MÉLENCHON, LES MESSIES ET MARTYRS DE LA GAUCHE RADICALE

« Soit on meurt en héros, soit on vit assez longtemps pour se voir endosser la peau du méchant[1]. » Et vous ? Est-ce que vous êtes d'accord avec Harvey Dent ? Je veux dire : est-ce que, pour vous, le genre humain est tel que si on vous confiait tout ou partie du pouvoir, vous tomberiez inéluctablement dans ce que votre âme recèle de plus inavouable ? Si vous le pouviez, seriez-vous un salaud ? Est-ce que c'est la crainte de la police qui vous retient de commettre un meurtre ? L'humain est-il naturellement mauvais ? Vous avez quatre heures. Pour une fois, à gauche, il y a un consensus. Pour nous, la réponse est évidente : pas du tout, c'était une feinte, personne n'est d'accord là-dessus, et surtout pas à gauche. Je vous ai bien eus ? En fait, tout dépend. Il y a dans nos rangs deux grands courants philosophiques qui sont en concurrence depuis plusieurs siècles. Un peu comme il y a les fans de SEGA et l'armada des amoureux de Nintendo prêts à tout pour prouver que leur console est la meilleure, chez nous, il y a les fans de Rousseau[2] (Jean-Jacques pour les intimes) et l'armada des ahuris qui s'accrochent encore à Hobbes. Les uns pensent que les humains naissent indéterminés, et que la politique, la civilisation, l'éducation peut les conduire au mal ; les autres pensent que les humains, sans la contrainte de la loi, ne connaîtraient que la loi du plus fort, et mèneraient une guerre perpétuelle de chacun contre tous[3]. Une Battle Royale[4] sans merci, au gourdin et au caillou, dans la pampa préhistorique.

Et puis, il y a les trotskistes. Les trotskistes ont un proverbe qu'ils nous ressortent *ad nauseam* : « Le pouvoir corrompt, le pouvoir absolu corrompt absolument[5]. » Vraiment, cette phrase me sort par les trous de nez. Cette phrase ! Mais quelle foutaise ! Comme si les politiques couraient après les responsabilités le regard lubrique et la bave aux lèvres, à la manière d'un Gollum se jetant sur l'anneau unique. Certes, les Gollums existent – oui, Valls, c'est toi que je regarde[6] – mais rien n'indique *a priori* qu'ils constituent la norme. Même les chefs les plus ambitieux préfèrent le plus souvent s'en tenir à leurs convictions et perdre une élection plutôt que retourner leur veste et saborder, sur le long terme, leur carrière politique. Mais bon. J'imagine que c'est le type de maximes qu'on a envie d'écrire quand on est un Staline raté. Et puis, ça fait joli, de répéter des mots pour avoir l'air logique. C'est comme : « Ce qui se pense clairement s'énonce clairement[7] », ou « qui vole un œuf, vole un bœuf[8] ».

C'est logique, en fait. C'est implacable, même. Si quelqu'un tente de conquérir le pouvoir, c'est sans doute qu'il veut le pouvoir. Et bim ! Échec et mat ! Tellement logique que même au-delà des trotskistes, cette maxime s'est répandue, et s'est implantée jusqu'à laisser se publier des lettres d'insultes dans des journaux, pourtant de gauche[9], quand Jean-Luc Mélenchon annonçait sa candidature à la présidence de la République.

Pour nous, à gauche, rien n'est plus désagréable qu'un type qui a des chances de l'emporter. Ça nous dérange, ça nous démange. On n'aime pas les sauveurs, on n'aime pas les champions, on déteste qu'un cycliste de l'équipe fasse une échappée : il faut que les coéquipiers passent tous ensemble la ligne d'arrivée, quitte à finir derniers. Quand des gens forcent le destin et rassemblent trop de monde derrière eux, quand des tribuns font des discours devant quatre cent mille personnes, on a envie de les faire descendre de leur piédestal. On se réjouirait presque de les voir se prendre une gamelle. Ça donne une bonne raison de les traiter de loser. Parce que c'est vrai, quoi, après tout, c'est qui, ce Mélenchon, qui n'a même pas voulu participer à la primaire des socialistes, ni en 2017, ni en 2022 ? Il se prend pour qui, d'abord ? Il croit qu'il vaut mieux que nous ? Ha ! Le con ! Même pas foutu d'atteindre le second tour... Regardez-le, l'imbécile : vous vous rendez compte ? Pas cap' de mettre son ego de côté pour laisser la place à quelqu'un de mieux placé que lui... Qui ça ? Je sais pas... Benoît Hamon, tiens[10]. Heu... tout bien réfléchi, non. Disons... Fabien Roussel alors. Ou bien Yannick Jadot[11]. Oh, et puis, je ne sais pas. Mais zut ! Il nous gave, Mélenchon, à tout le temps crier. Il est peut-être la République, mais il peut pas être la gauche à lui tout seul.

Ça m'a toujours fasciné, de voir combien jouer les pessimistes donne l'illusion de la sagesse. On dit que rien n'est possible, que rien ne peut changer, alors on ne fait rien, et vous savez quoi ? Rien ne change. Du moins, c'est ce qu'on prétend. On ricane, on ricane, mais le fait est que Mélenchon a accompli un miracle de magie nécromancienne : il a ramené la gauche du royaume des morts. En 2007, au premier tour de la présidentielle, le candidat anticapitaliste le mieux placé était... Olivier Besancenot, avec 4,08 % des voix, loin devant Marie-George Buffet, la candidate du Parti communiste. À l'époque, on pouvait tout simplement dire qu'il n'existait plus aucune proposition de modèle politique et économique en dehors du capitalisme financier et du libre-échange. Le choix était donc restreint : libéralisme, ou socio-libéralisme ? Entre 2008 (date de son départ du Parti socialiste) et

2017, Mélenchon a réussi à convaincre un électeur sur cinq… et depuis, à faire gagner les législatives à l'anticapitalisme contre les fachos qui ne se privaient pas d'occuper le terrain, faire gagner les législatives y compris à cette bande d'ingrats du PS qui avaient eux-mêmes coulé la gauche en tournant le dos à ses principes – oui, Hollande, c'est bien toi que je regarde, puisqu'en fin de compte c'est toi qui as enfanté Macron[12]. On donne des leçons aux gens qui déplacent des montagnes pour se dispenser de leur prêter main-forte. Mais allez, un peu de sérieux : ne serait-ce qu'en le jugeant du point de vue de ses résultats, il serait temps de rendre à César ce qui est à César. Parce qu'on voit bien ce qui va se produire. À force de traiter de dictateur en puissance un type qui se bat depuis plus de quinze ans pour abolir la monarchie présidentielle, on fabrique de toutes pièces une défaite à répétition, et ce n'est que plus tard, avec le recul de l'histoire, qu'on le rangera dans la catégorie des martyrs et messies, trop en avance sur leur temps, que personne n'a écoutés. C'est drôle, on considère toujours d'une façon très différente les vivants des morts, comme si les personnages historiques étaient d'une nature complètement différente de la nôtre, comme si le passé n'était pas aussi hasardeux que le présent pour ceux qui y étaient, comme si tout était écrit d'avance… Mais ni Lucie Aubrac, ni Jaurès, ni Blum, ni Louise Michel, ni Garibaldi, ni Spartacus n'étaient les héros tragiques d'une fable mythologique : ils étaient, dans leur temps, des hommes et des femmes de la même espèce que nous, avec leur sang, leurs tripes, leur intelligence, et leurs défauts. C'est si facile, après coup, de prendre Che Guevara et d'en faire une figure christique, un martyr pour la cause mort assez tôt pour ne pas avoir mal tourné. Les personnages historiques ne sont pas plus historiques que nous ; après tout, nous aussi, nous sommes voués à prendre un jour les couleurs du passé.

Personnellement, ça me fout en rogne : on devrait regarder ce qu'est un homme dans son contexte. Mais bon. Peu importe, finalement. Le destin de Mélenchon est tout tracé. D'ici trente ans, quand il aura définitivement quitté la scène publique et que personne ne craindra plus son retour en politique, les haines personnelles à son égard s'éteindront comme des mégots froids ; ajoutez à ça quelques années, et dès que son corps aura refroidi dans la terre où on aura archivé le dernier tribun moderne, toute la faune politicienne, de gauche comme de droite, se revendiquera de Jean-Luc Mélenchon. Après tout, c'est bien le sort qu'on a réservé à Jaurès... dont même un homme de droite et de guerre comme Sarkozy revendique l'héritage. Le moins qu'on puisse dire, c'est que l'histoire ne rend pas justice aux personnages historiques.

Quand je serai vieux, les étudiants rebelles porteront tous fièrement leur T-shirt *Can't Stenchon The Mélenchon* ; je suppose que ça lui rendra justice. Je leur dirai : « Vous saviez que c'était un dictateur en puissance ? » et ils me traiteront de réac, et ils auront bien raison… Ça me fera sourire. Mais quelque part, aussi, je crois que ça me rendra triste, comme on est triste devant un magnifique bouquet qui ne sert qu'à décorer une pierre tombale. Qu'est-ce qu'on peut y faire ? C'est comme ça : il faut d'abord crever pour devenir un saint. Les gauchistes morts ont l'avantage qu'on leur fait dire ce qu'on veut.

CONCLUSION : LA GAUCHE À LA DÉRIVE, ET LA DÉRIVE À GAUCHE

C'est tellement dur d'être de gauche. D'être le syndicaliste que tout le monde prend pour un emmerdeur et qu'on ne vient voir qu'en cas de problème. D'être l'élu minoritaire qui se fait inlassablement traiter d'idiot et de populiste cinq ans de suite par l'hémicycle tout entier. D'être le militant, à tous les repas de famille, à qui on rabâche que de toute façon, la politique, on n'y connaît rien, mais que quand même, tu vois bien que tu devrais arrêter avec ton gauchisme, parce que j'ai vu sur BFM je-sais-plus-qui-mais-un-expert-le-gars-en-tout-cas qui disait qu'il avait lu le résumé du commentaire d'un article qui parlait du programme de Mélenchon, et qu'on voyait bien qu'il en sortait que Mathilde Panot était antisémite. D'être le gentil petit pédagogue qui explique à Jean-Charles Trou-du-Cul que non, Jean-Charles, ce n'est pas en empêchant les bougnoules de porter un burkini à la piscine municipale de Grenoble[1] que tu vas réduire le chômage, le tout sans élever la voix parce que ouin, ouin, ils sont fragiles comme tous les pauvres petits prolos de droite. Faudrait pas les insulter. Mais bon sang, on n'a pas envie de les insulter, nous, les Jean-Charles Trou-du-Cul, on a envie de leur mettre des grandes baffes, jusqu'à ce que leur cerveau fonctionne, comme on le fait sur la télé quand y a un je-ne-sais-quoi à l'intérieur qui fout tout le bousin en vrac.

Vraiment, c'est dur. C'est épuisant. C'est ingrat.

En fait, c'est dur d'aimer le peuple.

Quand on voit à quel point les gens sont incultes en politique, on se crée le devoir de lutter contre l'intolérance, l'égoïsme, la lâcheté. On se dit qu'il faut relever le niveau. Quand on est fatigués, on se retrouve, entre gauchistes, pour se prendre dans les bras et se dire que ça en vaut la peine, même si en fin de compte, l'âge d'or du grand soir est remis aux calendes. On se dit qu'on n'en peut plus de la bêtise. Qu'il faudrait mettre le droit, la socio et l'économie au programme du collège. On s'accroche à l'idée que l'humain vaut mieux que ça, on s'y accroche avec une ferveur presque religieuse, avec une foi qui force le respect, presque avec fanatisme, parce qu'après tout, c'est plus difficile de croire en l'Homme que de croire en Dieu. C'est vrai, Dieu ne fait rien pour qu'on croie en lui. Mais l'Homme fait tout son possible pour qu'on ne croie pas en lui. Depuis cinq mille ans qu'on écrit notre histoire, rien ne semble attester que nous valions effectivement mieux que notre violence, notre cupidité, notre haine, notre sauvagerie. Et puis, parfois, on dérape. On commence à se dire qu'on représente l'avant-garde, et qu'à la manière d'un berger qui conduit le troupeau, ou d'un curé de campagne qui sermonne ses ouailles, on a la responsabilité de montrer l'exemple, de convaincre les profanes, de guider l'humanité vers les valeurs humaines.

On se retrouve entre gauchistes, et on se met ouvertement à prendre pour des cons les résignés, les sans-convictions, les prolos de droite, les abstentionnistes. On se sent si proches de l'extinction qu'on se crispe sur tout. Notre vocabulaire, notre idéologie, notre esthétique, nos chansons, tout doit être parfait, tout doit correspondre jusque dans le moindre petit détail à nos idées, à nos valeurs, à notre philosophie, cette si précieuse tradition marxiste qu'on se transmet d'une génération à l'autre, que l'on préserve soigneusement comme les Anciens entretenaient le feu sacré au temple de Vesta. On traque, parmi les nôtres, toute forme d'hérésie, toute forme de déviance. Sous le regard amusé de Jean-Michel-Eudes-Aristide Réac, Gontrand Justicier s'improvise grand inquisiteur, et pointe du doigt telle personne parce que c'est un ouvrier qui gagne plus que le SMIC, et que ça, c'est suspect ;

telle personne parce que c'est un homme et qu'il se dit féministe, et ça, ça cache sûrement de la transphobie ; telle personne parce que c'est un intello qui frise la classe supérieure, et que ça en fait sûrement un traître, ou tout du moins un déconnecté de la vie ; et voilà que dans nos propres rangs, on fait la chasse aux sorcières, et qu'on se met à regarder de travers tous ceux qui s'écartent, ne serait-ce que d'un millimètre, de notre dogme. On perd de vue qu'être de gauche, c'est souhaiter l'amélioration des conditions de vie matérielle des prolos ; et surtout, on oublie un peu vite que notre camp est celui de l'émancipation intellectuelle. La gauche, ça ne devrait pas être le lieu où l'on dicte aux gens ce qu'ils doivent penser. Où l'on brandit des livres sacrés. Où l'on excommunie.

Est-ce que vous savez pourquoi on nous traite de secte ?

Parce que les gens sont cons ? Parce qu'ils sont manipulés par le matraquage médiatique des grands groupes de presse ? Parce qu'ils ne se sont pas intéressés à nous ? Parce qu'ils ne connaissent pas l'histoire ? Parce qu'ils ne connaissent pas les institutions ? Oui. Mais pas seulement.

Les gens qui nous détestent nous accablent de ces mots : dérive sectaire, secte, sectarisme, religion. On nous les jette au visage, comme une accusation vague. Vague, parce que ces mots n'ont même pas de définition dans le droit français. Faut dire, c'est difficile, sur le papier, de faire la distinction entre une religion organisée et une secte, tant les similitudes sont grandes : valorisation des croyants et dévalorisation des infidèles, affirmation d'une loi divine supérieure aux lois des hommes, endoctrinement dès l'enfance, demande de soutien financier aux adeptes, limitation de la liberté de conscience, esthétique vestimentaire spécifique… Et pourtant, on ne peut pas mettre dans le même panier les cathos et les témoins de Jéhovah, parce que les cathos, du moins aujourd'hui et en France, ne sont pas enfermés dans leur congrégation. Ils ne privent pas leurs enfants de soins médicaux dont ils ont besoin. Ils ne sont pas des acharnés du prosélytisme ; et ils ne menacent pas à tout bout de champ d'apocalypse et de jugement dernier les gens qui ne partagent pas leur foi.

Il y a bien, pourtant, des critères pour repérer les dérives sectaires : entraves à la liberté de conscience, sujétion des membres au groupe, exclusion des profanes et marginalisation, ferveur religieuse, implication financière, mise en jeu de son intégrité physique. Ça me déchire le cœur et ça m'arrache la gueule de le dire, et pourtant, il le faut : oui, le militantisme de la gauche radicale, par bien des aspects, suit la pente glissante des dérives sectaires. C'est choquant. C'est décevant. Ça ne plaira pas à tout le monde. M'en fous. Comme je l'ai dit, être de gauche, c'est exigeant, et le devoir de vérité prime à mes yeux sur la tactique politique – et d'ailleurs, je crois que l'assainissement de notre mouvement de pensée ne ferait pas de mal à nos chances de victoire contre le capitalisme.

On nous traite de secte parce que nous y ressemblons. En fin de compte, les organisations politiques demandent toujours aux militants de coller des affiches, de distribuer des tracts, d'aller faire du porte-à-porte, de convaincre des profanes de rallier la vraie foi, au risque de se faire casser la gueule dans les manifs ou devant les panneaux d'affichage par tel ou tel facho en quête de rouge à faire saigner. C'est vrai, quoi, le capitalisme va pas se renverser tout seul : il faut bien recruter des gens pour se rebeller, un jour. Hélas, c'est là qu'est l'os. Pour une large part, les militants politiques, les partisans, ne sont jamais employés à résoudre des problèmes concrets. On laisse ça aux associatifs. L'état-major demande toujours de coller plus d'affiches, de donner plus de tracts, de convertir plus de gens, de recruter des militants qui seront, à leur tour, formés à répéter le mot-à-mot du dogme partisan, pour recruter d'autres partisans. Nous ne recrutons pas des militants politiques. Nous recrutons des recruteurs ! Et gare à qui s'écarte de la ligne du parti. Il pourrait se faire renier de la gauche, la *vraie gauche*, pour se faire traiter de social-traître ou d'extrémiste, se faire isoler en tout cas, conspuer, couvrir de honte, histoire de dissuader les autres de penser par eux-mêmes et de peut-être mettre en cause les ordres des apparatchiks qui forment l'élite, locale ou nationale, du parti.

Qui s'est déjà laissé convaincre par les milliers d'affiches qui crachent leurs slogans anticapitalistes ? Qui s'est déjà laissé convaincre par le contenu d'un tract qu'on lui tendait quand il se rendait chez lui ou au travail ? Qui a seulement déjà lu un tract qu'on lui tendait quand il avait autre chose à foutre ? Qui la soumission aux ordres a-t-elle déjà rendu maître de lui-même ? Est-ce que l'affichage, les tracts et le porte-à-porte servent réellement à autre chose qu'à s'assurer l'obéissance des militants ? À quoi servons-nous ? Est-ce que nous valons mieux que les témoins de Jéhovah ? J'imagine qu'au moins, Marx vaut mieux que leur Dieu de terreur. Il fait moins peur aux gosses. Il promet un meilleur avenir. Mais bon. La gauche mérite mieux que ça. Je le répète une dernière fois : être de gauche, c'est avant tout vouloir l'émancipation intellectuelle du peuple, l'appropriation des richesses par les prolétaires, l'affranchissement des esclaves. La discipline de parti est une horreur qui nous fait être le contraire de nous-mêmes.

Pour convaincre de nous rejoindre, commençons par relever le niveau. Soyons libres-penseurs. Soyons libres acteurs. Soyons les seuls maîtres de nous-mêmes.

Et vive le Che ! :p

POUR EN FINIR AVEC LES CONCLUSIONS

— Et alors ?

— Et alors quoi ?

— Et alors, c'est bon ? On est des héros de la résistance, finalement ?

Par-dessus mon épaule, le sale gosse me relit.

— Heu… Ben, pas vraiment.

Arthur me regarde fixement. Il a l'air déçu. Est-ce que j'avais vraiment cette tête quand j'étais minot ?

— Toujours pas ?

— Toujours pas.

— Et le grand soir ?

— Non plus.

— Ben merde, alors. J'y croyais, moi, à la sardinade…

Il boude. Sans blague, je me fais bouder par moi-même. Ça craint.

— Oui, mais tu sais, à gauche…

— Oui, oui, je sais, j'ai lu. T'as dit plein de méchanceté sur les militants. Paraît qu'ils font tout de travers ?

— Pas tout, mais…

— Mais, y a pas de mais !

Il me tire la langue.

— Non mais regarde-moi ça, franchement. Avec ta connerie de conclusion, tu vas déprimer tout le monde. Tu veux pas une fin heureuse ? Je sais pas, moi… qu'on ait un peu le goût du grand soir, même si c'est qu'une histoire. Ou alors, dis-nous ce qu'il faudrait faire !

Qu'est-ce qu'il faudrait faire ? Je suppose que c'est de bon ton, quand on critique, de faire ensuite des propositions, histoire de terminer sur une note positive. C'est vrai, quoi, on va pas jeter la gauche avec l'eau du bébé. Alors, c'est le moment. Après un livre entier à raconter rigoureusement tout ce qui me débecte dans le militantisme radical, il me reste quelques pages pour avancer une solution révolutionnaire, pour vanter les mérites d'un type d'action que j'aurais inventé dans mon laboratoire imaginaire… En fin de compte, je suppose que la création est la meilleure des critiques.

Mais là, je sèche. Je n'ai rien à proposer. Aucune idée brillante, aucune solution miracle. Que dalle. Je suis écrivain, moi, pas manitou ni toutologue. Je m'appelle pas BHL. Je vais pas vous inventer le fil à couper l'eau tiède et vous pondre une dissert' sur la nécessité d'écouter mes sermons. Je ne sais pas. Merde alors, c'est pas ma faute, quand même. Arthur me guette. Je vois d'ici ce qu'il va me sortir ; que c'est mon boulot d'imaginer, de raconter des histoires, et de trouver un *happy end* ; que je vais bien finir par y arriver ; qu'on a pas besoin d'être nageur pour savoir que c'est Léon Marchand qui va rafler toutes les médailles ; que lui, il me connaît comme personne, alors, s'il croit en moi, c'est qu'il a bien raison ; qu'il faudra bien, alors, que je trouve un truc à dire pour que ma fin soit plus satisfaisante. Après tout, la politique, c'est aussi raconter une histoire qui ne s'est pas encore passée ; et ça, c'est mon rayon. C'est vrai, quoi. Un peu de positif. Si on n'arrive même pas à la faire dans sa tête, la révolution est pas près d'arriver dans la rue.

Alors, imaginons. Au fond, qu'est-ce que je reproche à la gauche militante ? Pas d'être militante. Il faut bien se battre pour gagner. Pas d'être de gauche. Il faut être de gauche pour avoir de bonnes raisons de se battre. Je crois que ce qui ne me revient pas, c'est que le militantisme puisse devenir une prison. Un militant parfait n'a pas de temps libre. Il est de corvée d'affiches, il est de tractage, il est de manifestation, et quand il n'y a rien à faire, il se rend au quartier général, soit le local de campagne, soit le siège du syndicat, soit le garage aménagé où des palettes servent de canapé pour coller davantage à l'esthétique de squat. Un militant parfait ne pense pas par lui-même. Il suit la ligne du parti, il en reprend le vocabulaire, les couleurs et les opinions. Mais à mes yeux, un militant parfait devrait surtout être imparfait, et accepter que la vie ne tourne pas entièrement autour de l'engagement politique. La vie, c'est aussi boire un coup avec les copains. Se faire un resto, même, pourquoi pas après tout, on n'a qu'une vie, alors, autant craquer son slip et son compte bancaire pour se faire péter le bide, rien qu'une fois, et tant pis s'il faut manger des pâtes tout le reste du mois. La vie, c'est discuter du dernier Marvel. Faire les cons au bord du lac en été, parce que ça ne coûte rien et que c'est l'éclate de s'envoyer des grandes giclées d'eau froide quand le mois d'août nous brûle. C'est rencontrer les amis des amis, et se dire qu'Avril est une crème, qu'Andy se la joue un peu trop intello avec son fond de bière tiède, que Camille est incroyable, Jean solide comme un roc, Sébastien et Marine toujours présents. La vie, c'est faire les quatre cents coups. Tomber amoureux. C'est regarder en haut de la montagne, et se dire qu'un jour, on conquerra le monde, et les étoiles, pourquoi pas, puisqu'on a le cœur assez grand pour ça. C'est voyager, s'instruire, s'amuser. Fonder une famille. Emmener les gosses en week-end. Leur apprendre à nager, pour qu'ils puissent eux aussi faire les cons au bord du lac.

Qu'est-ce qu'il faudrait faire ? Tss… faut croire que je manquais pas d'idées. Y en a, des choses à proposer, même quand on ne se sent pas de réécrire le programme commun. Il suffit de dire ceci : je ne veux pas être un héros tragique. Tant pis si du même coup je perds toute chance d'être admirable. Mais j'aimerais faire envie. J'aimerais qu'on se dise que ça en jette d'être de gauche, parce qu'on a la classe quand on défend les causes justes et qu'on se paye le luxe d'être quand même à l'aise dans ses pompes. J'aimerais que les gens deviennent communistes par envie. Pas par raison, ni par peur : par envie. Parce qu'il fera bon vivre dans un monde de gauche. Alors, par militantisme, soyons férocement heureux. Mangeons notre pain blanc, même sous les drapeaux rouges. Pas besoin d'attendre le grand soir pour se faire une sardinade.

DE TOUTE FAÇON…

Vingt-cinq siècles ont passé depuis que les pères de l'Occident ont allumé le flambeau de la démocratie, et pourtant nous restons les mêmes, comme si la contingence de notre histoire cédait devant notre nécessaire bestialité – comme si nous hisser au-dessus de l'animal avait davantage fait de nous des prédateurs que des êtres civilisés. Qu'avons-nous fait de nos talents, et des lumières de Prométhée ? Il y a toujours des guerres, des esclaves et des famines. Il y a toujours des forts qui jouissent de la misère, et des faibles nombreux pour que les forts soient forts du privilège de leur naissance. On persécute toujours les étrangers, les pauvres, les femmes, les handicapés, et surtout, surtout ! les intellectuels, les poètes, les indignés, tous ceux qui ont une tête et qui pourraient – menace suprême – décider de la relever.

L'humanité est jeune. Elle n'a pas encore vraiment quitté le berceau. Comme des enfants qui doivent explorer et comprendre par eux-mêmes, nous progressons à quatre pattes, aveugles à l'avenir et sourds à ceux qui nous en avertissent. Comme des enfants, nous dévorons tous les biscuits de la boîte sans craindre d'être malades ni de manquer, puisque jusqu'à présent, la nature n'a jamais cessé de nous abreuver de pétrole, d'uranium, d'huile de palme et d'eau claire. Comme des enfants, nous persistons dans nos erreurs dont nous n'avons jamais connu les conséquences, et nous faisons comme si l'humanité était une orpheline qu'aucune raison adulte ne saurait aiguiller. Mais il y a toujours eu des gens pour éclairer le monde, même après la chute du phare, pour proclamer la science malgré l'incendie de la bibliothèque, et suspendre les jardins pour préserver les sols des pesticides, des bombes et du goudron. Ils se sont appelés les humanistes, les Lumières, les Montagnards, les communistes ; ils ont vécu dans l'ombre des puissants qui leur faisaient la guerre ; ils ont été embastillés, pendus, brûlés, censurés, déportés, et pourtant ils sont là.

Je suis de gauche. En fait c'est mieux ; je suis gauchiste. De naissance, excusez du peu. Je suis un enfant de la gauche, un parmi tous les héritiers de la tradition progressiste, un parmi tous les héritiers de l'idée que l'humain peut mieux faire, peut tout faire, et accomplir par le droit les miracles contre-nature que sont la paix, l'égalité, la liberté, la fraternité, l'idée qu'on peut s'émanciper par la culture, les arts, les sciences et un peu de bonne volonté.

Mes couleurs sont depuis toujours le rouge du sang des ouvriers, le vert de notre écosystème, le blanc de la paix, le noir de l'anarchie, et tout ça forme un arc-en-ciel qui fait toute ma fierté.

J'en conviens, les gauchistes sont, nous sommes épuisants. Moralisateurs. Défaitistes. Contradictoires. Souvent, c'est vrai, nous sommes très cons ; et parfois même, nous sommes sectaires. Nous sommes irritants comme seuls peuvent l'être ceux dont on sait qu'ils ont raison et qu'on aimerait ne pas entendre. Pourtant quand tout sera détruit, quand la source sera tarie et que le pillage ne sera plus possible, c'est nous, la gauche, *a fortiori* la gauche nouvelle, qui réorganiserons le monde. Il faudra constater le désastre, et en faire quelque chose. Il faudra endiguer, et faire pousser dans le désert. Quand la cupidité et la bêtise de notre race auront fini d'épuiser le sol et la mer, quand le plancher se sera effondré, il faudra bien écouter ceux qui rehaussent le plafond des connaissances depuis les origines. Tant pis si cette tradition est l'apanage des jeunes ; tant pis s'il faut que les enfants d'aujourd'hui réparent les inepties de leurs parents. Tant pis si les vieilles générations vont au bout d'une folie toute enfantine. Ce sera à nous, la relève, de leur prendre la main.

Imaginez. Lorsque les vagues lécheront le premier étage des maisons de côte. Les eaux seront si hautes que les moules s'accrocheront autour du mât sur la plage. Dans la ville, toutes les maisons seront habitées. Plus personne à la rue ; chaque homme, chaque femme aura droit à un toit et à assez de soupe pour ne jamais craindre la faim. Au marché, on nagera dans les odeurs de safran et de coriandre, et les étals seront tout pleins de couleurs et de goûts du bout du monde. Plus loin dans les terres, l'abondance et la paix. À perte de vue, on ne verra que des étendues verdoyantes, vivantes. Les villes seront des parcs ombragés par les oliviers, traversés par les rues pavées où le bruit des voitures n'aura plus droit de cité. On ne réduira plus personne aux travaux qui dégradent. On ne refoulera plus l'étranger à nos portes. Nos différences seront notre force. Dans les hôpitaux, tout le monde sera soigné pour rien du tout, et les soignants auront le temps de jouer aux échecs avec leurs patients. Les épidémies ne seront que des intempéries de passage, qui n'occulteront pas le retour du printemps. Le théâtre, la musique, la littérature, la peinture, la danse, tous les arts seront au cœur de nos existences. Accessibles à tous, bénéfiques à chacun, et on naviguera avec la connaissance pour étoile polaire. On aura mis nos fusils au placard, sans craindre de devoir les ressortir un jour.

Nous, nous qui ne sommes pas les puissants, mais qui restons pourtant les grands du monde, puisque nous y sommes chevillés, nous n'accepterons jamais la défaite, même s'il faut la subir des milliers de fois avant de vaincre. Sur quelle terre pourrions-nous fuir si nous perdions pour de bon ? Dans quel désert trouverions-nous refuge ? Aucun ! Alors nous nous battrons pour notre salut, et pour celui des générations à venir. Telle est notre maxime, notre cap, notre terre promise ; et s'il faut pour cela abattre quelques couronnes, soit. On aura pas fini de faire tomber des têtes.

ÉPILOGUE NOSTALGIQUE : LA TARTE AU SUCRE

L'autre jour, j'ai voulu faire plaisir à ma copine. J'ai préparé une tarte au sucre pour le dessert. Elle m'a regardé de travers et puis, avec toute la diplomatie dont elle est capable, elle a décrété que dorénavant, c'est elle qui s'occuperait du dessert. La tarte au sucre, en disgrâce gastronomique ! Merde alors. Faut croire que les plats du pauvre, c'est complètement *has been*. Pourtant, à mes narines, l'odeur du beurre fondu, du pain perdu, du pain de chien et du topinambour, ça veut tout de suite dire jour de fête, parce que d'abord, c'est trop bon, faut pas déconner, et puis, parce que chez nous, la bouffe, c'était sacré.

Mon père avait connu les tickets de rationnement, qui avaient encore cours dans les années cinquante, vu que le pays était en ruine. Ma mère, petite-fille d'une bohémienne qui avait échappé à Hitler en passant la frontière avec sa roulotte, avait mangé du hérisson quand elle avait quatre ans, et elle trouvait ça super bon. Alors le sucre, le beurre et la pâte brisée, où était le problème ?

Le problème, je crois que je le comprends aujourd'hui. La tarte au sucre, c'est morne. Pas architecturée comme une pièce montée, pas colorée comme un framboisier, pas faste comme n'importe quelle pâtisserie qu'on croirait victime d'une attaque à l'extincteur tellement y a de chantilly. En fait, la tarte au sucre, franchement, quand on la connaît pas et qu'on la juge au faciès, elle fait très tarte au vomi. Mais pour le gosse que j'étais – et que je suis resté parce que zut –, la tarte au sucre, c'était trop le feu. Ça mettait de la joie dans les épinards. Tout ce qui sortait de l'ordinaire était bon pour me faire plaisir. Alors les années de dèche, quand on se faisait des blinis crème fraîche saumon fumé pour le repas de Noël… je trouvais ça épatant.

Attention, qu'on ne se méprenne pas. Je n'ai pas traversé toute mon enfance dans une pauvreté si âpre. Déjà, parce que même quand on n'avait plus rien, mon père et ma mère se serraient la ceinture si fort, et avec un si grand sourire, que je ne m'apercevais de rien. Et puis parce qu'objectivement, on était passés par toutes les classes sociales. Mes parents avaient été blindés aux as quand ils dirigeaient chacun leur boîte d'insertion. Mon frère et moi, on avait vécu dans un immeuble gigantesque qui était tout entier pour nous, en plein centre-ville piéton, avec deux étages, deux salles de bains, une belle cuisine et son arrière-cuisine où trônaient un barbecue en dur et sa cheminée, une terrasse sur les toits en enfilade, un salon où tiendrait presque mon appart' actuel, et quatre chambres : celle de mes parents, qui leur servait de bureau, celle de mon frère, qui avait vue sur la mer, la mienne, qui était la plus grande puisque j'étais le plus petit, et celle de la nounou que mes parents payaient à plein temps.

Mon père avait une boutique de fringues de seconde main et enseignait, ce grand baraque, à des femmes tout intimidées comment repasser les chemises et plier les culottes. Ma mère faisait le ramassage en bus des ouvriers d'une raffinerie, et des vieux qui partaient en vacances. Elle inculquait la bonne conduite à des sortants de prison, et puis elle leur faisait passer le permis, et puis elle les faisait se syndiquer, et puis elle les payait les jours de grève, pourvu qu'ils soient dans les manifs où elle faisait l'appel. Ça l'avait pas empêchée de tripler le chiffre d'affaires, et les bénéfices avec ; mais bon, fallait pas abuser : les actionnaires l'avaient foutue dehors, en même temps que ceux de mon père pour des raisons similaires.

Déjà, quand on roulait sur l'or, quand la peur de manquer était inexistante, la bouffe, c'était sacré. Et quelle bouffe ! Y avait vraiment pas de mal à finir son assiette. J'ai tout connu de la cuisine familiale, d'ici ou d'ailleurs, qui vous met du soleil tout plein la margoulette : poulet mafé, ou à l'indienne, couscous et tajine marocains (avec la fleur d'oranger et les raisins secs, wallah !), truffade, pizza maison, carbonnade flamande, crêpes tous les mercredis, et surtout, les jours de fêtes carillonnées, la tarte au sucre. De tout ce que j'avais mangé (et quand j'étais gosse, croyez-moi, je mangeais), c'était ce qui me mettait le plus de baume au cœur. Les Nordistes, ils savent y faire, avec leurs fricadelles, leurs frites au vinaigre, et leur tarte au sucre !

Quand on a tout perdu et qu'il a fallu dire adieu aux recettes trois étoiles, et très souvent bonjour aux penne rigate, la tarte au sucre a résisté, puisqu'elle ne coûtait rien. Fidèle au poste pour réchauffer mon cœur de gosse, à l'heure du goûter, quand je rentrais de l'école ou de la bibliothèque, et diable, c'était le meilleur morceau de la journée. Le sel de la terre. Le chocolat des BN.

Vous savez quoi, ma recette, je vous la donne. De toute façon, la tarte au sucre est plus assez *bankable* pour en jalouser le secret. Essayez-la, et, qui sait ? Peut-être trouvera-t-elle une place dans votre estomac à desserts, juste au chaud, à côté du roulé à la groseille.

Pour une bonne tarte au sucre, il vous faut :

– de la vergeoise brune (n'essayez pas de la remplacer par autre chose, en particulier du sucre blanc, ce serait immangeable)

– de la crème fraîche épaisse entière

– une pâte brisée (une pâte à pain est possible, mais commençons en douceur, voulez-vous ?)

Mélangez dans un bol un volume de crème fraîche pour un volume de vergeoise brune. Veillez à bien écraser les morceaux ou vous aurez des surprises à la cuisson. Versez l'appareil sur la pâte brisée. Enfournez le tout à 210 °C pendant 25 minutes. Laissez refroidir avant de servir.

Régalez-vous !

Astuce : la tarte au sucre est encore meilleure si vous chantez un air d'Ogeret, de Ferré ou de Moustaki au moment du partage.

PETIT TEST DE PERSONNALITÉ : QUEL COMMUNISME EST FAIT POUR VOUS ?

Que vous soyez de gauche ou de gauche, vous vous êtes forcément déjà posé cette question : « Quel communisme est fait pour moi ? » Peut-être vous est-il même arrivé, un jour où vous avez jeté un rouleau de papier toilette dans la poubelle noire, de vous demander si vous étiez vraiment de gauche, ou si vous n'étiez pas, au fond, un hipster du dimanche, ou pire encore, un prolo de droite.

Si les doutes vous assaillent, pas de panique ! Ce petit test, rapide et sans prise de tête, est fait pour vous.

1. Vous êtes :
   ○ Un homme riche et musclé.
   □ Une féministe.
   Δ Thaïs d'Escufon.
   ☼ Autre, précisez : ________________

2. Vous êtes :
○ P-DG de grande industrie, banquier d'affaires.
Δ Policier.
☼ Artiste contemporain(e).
□ De gauche.

3. Vous vous appelez :
□ Jean-Luc ou Marie-George.
○ Emmanuel ou Brigitte.
Δ Jean-Marie ou Marine.
☼ Camille.

4. Lors des élections présidentielles…
Δ Vous votez à droite, oups.
☼ Vous votez pour la « gauche » socialiste.
□ Vous hésitez entre Poutou et Arthaud, et vous votez pour le moins bien placé dans les sondages.
○ Vous êtes réélu.

5. Dans votre chambre d'ado, il y avait :
○ Un grand écran plasma pour suivre en temps réel le cours du CAC 40.
Δ Un fusil airsoft, idéal pour ramener le calme dans le quartier en cas de prière de rue.
□ Un poster du Che, pour vous aider lors de vos moments d'intimité.
☼ Un lit.

6. Vous en êtes convaincu : le gouvernement fait n'importe quoi en matière de politique économique. Mais vous qui vous y connaissez, vous savez que, pour redresser la barre, il faudrait :

○ Adopter le mercantilisme pour stabiliser le serpent monétaire.

□ S'en tenir au keynésianisme.

Δ Établir une physiocratie à la Turgot.

Δ○☼□ Tout compte fait, l'économie, c'est pas si simple que ça.

7. Le rectangle ABCD est un carré :

□ Parce que tous ses côtés sont égaux en droit.

☼ Parce qu'il ne se reconnaît pas dans la case qu'on lui a assigné à la naissance.

Δ Parce qu'il est baptisé.

○ Parce que c'est notre projet.

8. Lorsque vous arrivez à un cédez-le-passage :

○ Votre chauffeur met le clignotant et s'arrête. Vous buvez un pouilly pour vous aider à patienter.

Δ Vous accélérez, et emboutissez le scooter du livreur Deliveroo islamiste radical qui arrivait par la gauche avec la commande de sushis de je ne sais quel bobo.

☼ Après un arrêt, vous essayez de traverser le carrefour, mais votre pneu crève en descendant du trottoir, et votre fauteuil roulant part à la renverse.

□ Vous levez le pouce et vous attendez que quelqu'un veuille bien vous prendre en stop jusqu'à votre ZAD éco-lieu au fin fond de l'Ardèche.

9. Un ami arabe vous avoue qu'il souhaiterait finir votre sandwich. Vous vous demandez :

Δ Est-ce que c'est vraiment un « ami » ? Après tout, il est sûrement venu en France expressément pour voler mon pain et forcer mes enfants à manger des kebabs hallal à la cantine du collège.

☼ Est-ce que c'est vraiment « un » ami ? Après tout, je ne lui ai jamais demandé quel genre iel s'était assigné.

□ Est-ce que c'est vraiment « mon » sandwich ? Après tout, la propriété, c'est le vol.

○ Est-ce qu'il ne peut pas s'en payer un lui-même ? Après tout, s'il n'a pas de quoi, il n'a qu'à traverser la rue pour se trouver un travail.

QUEL COMMUNISME
EST FAIT POUR VOUS ?

RÉSULTATS

Si vous avez répondu une majorité de □ :

Assurément, vous voyez rouge. Vous pouvez à loisir vous enrouler dans le drapeau de la CGT et chanter « L'Internationale ». Vous êtes un héros révolutionnaire, un vrai de vrai, un qui colle des affiches et distribue des tracts, un qui descend dans les manifs pour faire trembler le grand patronat. Vous pensez toujours au Parti avant de penser à vous ; vous levez le poing quand on veut vous serrer la main ; vous coupez votre viande avec une faucille ; et vous brûlez de l'intérieur quand un prêtre exorciste brandit un crucifix.

Félicitations ! Vous êtes un anticapitaliste orthodoxe.

Si vous avez répondu une majorité de ○ :

Vous êtes ce que vous possédez. Pour vous, une seule devise : l'euro. Vous vous rendez, tous les dimanches, dans les centres commerciaux pour y dénicher les nouveaux AirPods, la dernière montre connectée, ou encore pour y choisir le nouveau grand écran plasma de quatre cent cinquante-trois pouces qui remplacera celui, passé de mode, que vous avez acheté le mois dernier. Grâce aux efforts que vous avez fournis pour prendre l'ascenseur social, vos enfants seront libres de choisir leur avenir : ils pourront être cadres, ingénieurs ou médecins, et faire votre fierté quand vous serez à la retraite dans votre maison à Fos-sur-Mer ou à Megève.

Félicitations ! Vous êtes Balthazar Picsou.

Si vous avez répondu une majorité de Δ :

Vous versez, en l'assumant plus ou moins, dans le fascisme et le machisme. Pour vous, tout est de la faute des étrangers : la récession économique, la perte des valeurs, le prix de l'essence, votre chômage… même le mauvais temps peut s'expliquer par la surabondance de nègres qui rôdent la nuit autour de Barbès-Rochechouart. Tous les jours, vous fleurissez chez vous une statue de Zemmour, et quand vous vous rendez en ville, vous vous isolez dans les toilettes publiques pour fantasmer sur le dernier Tiktok de Thaïs d'Escufon, qui elle, au moins, fait la vaisselle sans râler, tout le contraire de Bobonne qui vient de vous quitter pour rejoindre le centre d'accueil de femmes battues le plus proche.

Félicitations ! Vous êtes un gros con.

Si vous avez répondu une majorité de ☼ :

Vous faites partie des marginalisé(e)s, des handicapé(e)s en situation de handicap, des LGBTQIA+ et vous en êtes fièr(e). Vous êtes un(e) partisan(e) acharné(e) de l'adaptation de la société(é) à l'individu(e). Votre pens(e.ée.ées) ne connaît qu'une seule mot d'ordr(e+3x-2y^2) = inclusion. Vous mangez vegan, vous n'achetez pas de veste en cuir, et vous avez décidé de détester Harry Potter depuis que Gontrand Justicier est allé écrire sur Twitter que J.K. Rolling était transphobe.

Félicitations ! Vous êtes étudiant aux Beaux-Arts.

NOTES

Militer, une histoire de famille

1. Étienne de La Boétie, 1574.

I. SOUVENIRS D'ENFANCE

1. Militants, ou résistants ?

1. Le mot était de Lucie Aubrac, résistante communiste qui faisait elle aussi partie de la galerie des héros immortels et sympas.

3. C'est pour quand, le grand soir ?

1. De mai à juin 1936, en soutien au gouvernement de Blum nouvellement élu, les ouvriers font grève et occupent les usines (une pratique jusqu'alors quasi inexistante). Les grèves sont joyeuses, et appuient le Front populaire et la CGT dans leurs négociations avec la CGPF (Confédération générale de la production française), le principal syndicat patronal de l'époque.
2. Les accords de Matignon, signés le 7 juin 1936, prévoient une hausse des salaires les plus faibles de 15 %, imposent l'élection d'un délégué du personnel dans les entreprises de plus de dix salariés, réaffirment le droit de grève. Les 20 et 21 juin de la même année, la loi instaure les congés payés (13 jours de vacances par an)

et la semaine de 40 heures. **3.** Karl Marx, *Le 18 Brumaire de Louis Bonaparte*, 1852 : « Les hommes font leur propre histoire, mais ils ne la font pas arbitrairement, dans les conditions choisies par eux, mais dans des conditions directement données et héritées du passé. La tradition de toutes les générations mortes pèse d'un poids très lourd sur le cerveau des vivants. Et même quand ils semblent occupés à se transformer, eux et les choses, à créer quelque chose de tout à fait nouveau, c'est précisément à ces époques de crise révolutionnaire qu'ils évoquent craintivement les esprits du passé, qu'ils leur empruntent leurs noms, leurs mots d'ordre, leurs costumes, pour apparaître sur la nouvelle scène de l'histoire sous ce déguisement respectable et avec ce langage emprunté. C'est ainsi que Luther prit le masque de l'apôtre Paul, que la Révolution de 1789 à 1814 se drapa successivement dans le costume de la République romaine, puis dans celui de l'Empire romain, et que la révolution de 1848 ne sut rien faire de mieux que de parodier tantôt 1789, tantôt la tradition révolutionnaire de 1793 à 1795. » **4.** Isaac Asimov, *Fondation*, 1942. Extraordinaire recueil de nouvelles. On y suit l'effondrement et la renaissance de l'Empire galactique, prévue de longue main par Hari Seldon, l'inventeur d'une science capable de prédire les événements historiques futurs à partir des données présentes et passées. Foncez, c'est une pépite… **5.** « Le matin du grand soir », à écouter et réécouter dans l'album *La France révoltée. Chants de lutte 1880-1905*, Marc Ogeret.

4. Chuis pas raciste, j'ai un ami marron

1. Michèle Bernard, « Maria Szusanna », *Voler*, 1999. **2.** Depuis 2014, suite à une prise de position de l'ONU sur le sujet, et une condamnation par le Comité des droits de l'homme, la France a pris des dispositions légales pour remplacer le carnet de circulation par le livret de circulation… qui n'a été abrogé qu'en 2017. Eh oui : la ségrégation, ce n'est ni loin, ni loin dans le temps. **3.** Léon Blum, 1936 : « Il n'y a pas d'exemple dans l'histoire qu'on ait acquis la sécurité par la lâcheté. [...] Pour moi, je me fais des choses une idée que vous allez peut-être trouver bien simple, [...] mais je ne peux pas me les représenter autrement. Vous êtes chez vous, la nuit, à la campagne. À quelques kilomètres de là éclate une catastrophe naturelle. [...] Des hommes sont là, des femmes sont là, des enfants, qui fuient à travers champs, demi-nus, tremblants déjà de froid, chassés par la faim. Votre maison est peut-être déjà pleine. C'est possible. Mais quand ils frappent à votre porte... vous l'ouvrez. Et vous ne leur demandez pour cela ni leurs pièces d'état civil, ni leur casier judiciaire, ni leur certificat de vaccination. Il y a là un devoir d'humanité élémentaire, je dirais presque [...] d'humanité animale. » **4.** Aimé Césaire, *Discours sur le colonialisme*, 1955 : « Un beau jour, la bourgeoisie est réveillée par un formidable choc en retour : les gestapos s'affairent, les prisons s'emplissent, les tortionnaires inventent, raffinent, discutent autour des chevalets. On s'étonne, on s'indigne. [...] et on se tait à soi-même la vérité, que c'est une barbarie, mais la barbarie suprême, celle qui couronne, celle qui résume la quotidienneté des barbaries ; que c'est du nazisme, oui, mais qu'avant d'en être la victime, on en a été le complice ; que ce nazisme-là, on l'a supporté avant de le subir, on l'a absous, on a fermé l'œil là-dessus, on l'a légitimé, parce que, jusque-là, il ne s'était appliqué qu'à des peuples non européens ; que ce nazisme-là, on l'a cultivé, on en est responsable, et qu'il sourd, qu'il perce, qu'il goutte, avant de l'engloutir dans ses eaux rougies, de toutes les fissures de la civilisation occidentale et chrétienne. Oui, il vaudrait la peine [...] de révéler au très distingué, très humaniste, très chrétien bourgeois du XXe siècle qu'il porte en lui un Hitler qui s'ignore, qu'Hitler *l'habite*, qu'Hitler est son *démon*, que s'il le vitupère, c'est par manque de logique, et qu'au fond, ce qu'il ne pardonne pas à Hitler, ce n'est pas le crime en soi, *le crime contre l'homme*, ce n'est pas *l'humiliation de l'homme en soi*, c'est le crime contre l'homme blanc, c'est l'humiliation de l'homme blanc, et d'avoir appliqué à l'Europe des procédés colonialistes dont ne relevaient jusqu'ici que les Arabes d'Algérie, les coolies de l'Inde et les nègres d'Afrique. » **5.** Jules Ferry, discours devant la Chambre des députés, 28 juillet 1885 : « Rayonner sans agir, sans se mêler aux affaires du monde, en se tenant à l'écart de toutes les combinaisons européennes, en regardant comme un piège, comme une aventure toute expansion vers l'Afrique ou vers l'Orient, vivre de cette sorte, pour une grande nation, croyez-le bien, c'est abdiquer, et dans un temps plus court que vous ne pouvez le croire, c'est descendre du premier rang au troisième et au quatrième […]. Le Parti républicain a montré qu'il comprenait bien qu'on ne pouvait pas proposer à la France un idéal politique conforme à celui de nations comme la libre Belgique et comme la Suisse républicaine ; qu'il faut autre chose à la France : qu'elle ne peut pas être seulement un pays libre ; qu'elle doit aussi être un grand pays, exerçant sur les destinées de l'Europe toute l'influence qui lui appartient, qu'elle doit répandre cette influence sur le monde, et porter partout où elle le peut sa langue, ses mœurs, son drapeau, ses armes, son génie. » **6.** Georges Marchais, discours, 9 janvier 1981 : « Il faut stopper l'immigration officielle et clandestine. Il est inadmissible de laisser entrer de nouveaux travailleurs immigrés en France alors que notre pays compte près de deux millions de chômeurs français et immigrés. » **7.** Le Front national (Rassemblement national depuis 2018) a été fondé en 1972 par plusieurs anciens nazis, dont Pierre Bousquet, ex-membre de la Waffen-SS au sein de la division SS Charlemagne (condamné à mort à la Libération puis finalement gracié), Léon Gaultier, ex-collaborationniste et membre de la Waffen-SS, cofondateur de la milice française, et des néo-nazis tels que François Duprat, négationniste et chroniqueur pour *Rivarol* (hebdomadaire d'extrême droite antisémite). Souvenons-nous : ce sont ces « patriotes » qui dans leur histoire, ont offert la France en pâture à l'envahisseur étranger. **8.** François Duprat, affiche de campagne pour les législatives, 1978 : « 1 million de chômeurs c'est 1 million d'immigrés de trop ! La France et les Français d'abord ! »

5. Le féminisme, ou comment rendre les mecs hystériques

1. Communiste, oui madame ! **2.** Communiste, oui monsieur ! **3.** Communiste, oui messieurs-dames ! À croire que pour dénazifier, fallait vraiment pas être de droite ! **4.** Gaulliste. Ne faites pas de commentaire, merci. C'est assez pénible comme ça. **5.** Violences qui, faites aux femmes ou non, sont de toute façon l'apanage des hommes. Lucile Peytavin, *Le Coût de la virilité*, Anne Carrière, 2021 : « En France, les hommes sont responsables de la majorité des comportements asociaux : ils représentent 83 % des deux millions d'auteurs d'infractions pénales traitées annuellement par les parquets, et 90 % des personnes condamnées par la justice, 86 % des mis en cause pour meurtre, 99 % des auteurs de viols, 84 % des auteurs présumés d'accidents routiers mortels, 92 % des élèves sanctionnés pour des actes relevant d'atteinte aux biens et aux personnes au collège, 95 % des mis en cause pour vols violents avec arme, et *in fine*… 96,3 % de la population carcérale ! » **6.** Haut Conseil à l'Égalité entre les femmes et les hommes, « Communiqué de presse du 24 novembre 2023 » : « 244 000 victimes de violences conjugales ont été enregistrées en 2022 soit une augmentation de 15 % par rapport à 2021. […] Chaque année, 1 femme est tuée tous les 3 jours par son conjoint ou ex-conjoint et 90 000 femmes sont victimes de viols ou tentatives de viol. » **7.** INSEE, *Focus* n° 320, 5 mars 2024 : « En 2022, le revenu salarial moyen des femmes est inférieur de 23,5 % à celui des hommes dans le secteur privé. Cet écart s'explique en partie par le moindre volume de travail annuel des femmes, qui sont à la fois moins souvent en emploi au cours de l'année, et davantage à temps partiel. […] À temps de travail identique, le salaire moyen des femmes est inférieur de 14,9 % à celui des hommes. » **8.** Observatoire des inégalités, « Tableau de bord de la place des femmes en politique », 25 septembre 2023 : « La parité entre les femmes et les hommes en politique progresse en France. Les femmes représentent 37 % des députés, 45 % des conseillers municipaux, 49 % des députés européens français, 49 % des conseillers régionaux et 51 % des conseillers départementaux. En revanche, seuls 20 % des maires sont des femmes. Moins d'un tiers des présidents de région sont des femmes. Elles président deux conseils départementaux sur dix et occupent un peu plus d'un siège sur trois au Sénat (36,2 %). [...] Les hommes cèdent leur place aux femmes quand la loi les y oblige, en les limitant souvent aux postes les moins importants. Même dans les assemblées où les femmes sont présentes quasiment au même niveau que les hommes, on ne les retrouve pas à leur tête. Plus on s'élève dans la hiérarchie du pouvoir, moins elles sont présentes. » Quel progrès... on part de loin ! **9.** Haut Conseil à l'Égalité entre les femmes et les hommes, « Parité politique : la nécessité d'un acte II », 12 décembre 2022 : « Les femmes sont plus souvent envoyées que les hommes dans les 100 circonscriptions les plus défavorables pour chaque formation politique, jusqu'à trois fois plus, dans le cas du RN. Ainsi, dans les territoires où aucun siège n'est attendu, le RN a investi 71 % de femmes, la NUPES 62,5 %, LREM 57 %, et LR 52,8 % (alors que, pour rappel, le mouvement ne comptait que 36 % de candidates au total). Au sein de la NUPES, seul EELV présente une parité stricte, grâce à des règles d'attribution par type de circonscription en fonction de la gagnabilité. À l'inverse, les femmes sont minoritaires dans les 100 circonscriptions les plus favorables. Le RN y a investi seulement 35,5 % de femmes, LR 41,2 %, la NUPES 46,2 %. Seul LREM présente 52,8 % de femmes dans ces zones très avantageuses. Les femmes candidates deviennent donc dans de nombreux cas une variable d'ajustement des stratégies électorales, qui font passer la solidarité masculine avant l'égalité. » **10.** Georges Marchais, « Cartes sur table », 21 janvier 1980 : « Quand j'ai entendu François Mitterrand refuser de s'engager sur l'existence d'une défense nationale indépendante, j'ai dit à ma femme : François Mitterrand a décidé d'abandonner le programme commun de la gauche. Fais les valises, on rentre à Paris. » **11.** Friedrich Engels, *L'Origine de la famille, de la propriété privée et de l'État*, 1884 : « Dans la famille, l'homme est le bourgeois, la femme joue le rôle du prolétariat. » **12.** Karl Marx, *Le Capital, Livre I*, 1867 : « Choisissons, dans la masse disparate des ouvriers de toutes professions, de tous les âges, de tous les sexes qui se rassemblent avec plus d'empressement devant nous que les Âmes des Morts se pressant devant Ulysse, [...] choisissons donc encore deux figures dont le contraste frappant prouve que tous les hommes sont égaux devant le capital : une modiste et un forgeron. » **13.** France 2, « 20 heures », 14 novembre 2006. Propos niés par les deux hommes.

6. Dieu préfère les athées, c'est Jésus qui l'a dit

1. Karl Marx, *Critique de la philosophie du Droit de Hegel*, trad. M. Simon, Aubier-Montaigne, 1843 : « La religion est le soupir de la créature opprimée, l'âme d'un monde sans cœur, comme elle est l'esprit de conditions sociales d'où l'esprit est exclu. Elle est l'opium du peuple. L'abolition de la religion en tant que bonheur illusoire du peuple est l'exigence que formule son bonheur réel. Exiger qu'il renonce aux illusions sur sa situation c'est exiger qu'il renonce à une situation qui a besoin d'illusions. La critique de la religion est donc en germe la critique de cette vallée de larmes dont la religion est l'auréole. » **2.** Pape Jean-Paul II, *Evangelium Vitae*, 1995 : « Certes, du point de vue moral, la contraception et l'avortement sont des *maux spécifiquement différents* : l'une contredit la vérité intégrale de l'acte sexuel comme expression propre de l'amour conjugal, l'autre détruit la vie d'un être humain ; la première s'oppose à la vertu de chasteté conjugale, le second s'oppose à la vertu de justice et viole directement le précepte divin "tu ne tueras pas". Mais, même avec cette nature et ce poids moral différents, la contraception et l'avortement sont très souvent étroitement liés, comme des fruits d'une même plante. » **3.** Même quand, plus de cent ans après la Révolution, l'Église a finalement autorisé les Français catholiques à se satisfaire du régime démocratique, le pape ne pouvait pas s'empêcher d'affirmer la supériorité de la théocratie. Léon XIII, *Au milieu des sollicitudes*, 1892 : « Inutile de rappeler que tous les individus sont tenus d'accepter ces gouvernements et de ne rien tenter pour les renverser ou pour en changer la forme. De là vient que l'Église, gardienne de la plus vraie et la plus haute notion sur la souveraineté politique, puisqu'elle la fait dériver de Dieu, a toujours réprouvé les doctrines et toujours condamné les hommes rebelles à l'autorité légitime. » **4.** Apocalypse, 18, 11-13 (trad. Louis Segond) : « Et les marchands de la terre pleurent et sont dans le deuil à cause d'elle, parce que personne n'achète plus leur cargaison, / cargaison d'or, d'argent, de pierres précieuses, de perles, de fin lin, de pourpre, de soie, d'écarlate, de toute espèce de bois de senteur, de toute espèce d'objets d'ivoire, de toute espèce d'objets en bois très précieux, en airain, en fer et en marbre, / de cinnamome, d'aromates, de parfums, de myrrhe, d'encens, de vin, d'huile, de fine farine, de blé, de bœufs, de brebis, de chevaux, de chars, de corps et d'âmes d'hommes. » **5.** Abbé Pierre, Antenne 2, « L'Heure de vérité », 5 décembre 1993 : « Des patrons sans scrupules frétaient des cargos avec des racoleurs qui allaient dans les villages de l'Algérie pour avoir du surnombre de main-d'œuvre pour contrer les revendications syndicales… et pour plus vite nous aider à débarrasser nos ruines. » **6.** Le 24 septembre 1993. Il avait déclaré à la presse : « Je ne quitterai pas ce trottoir tant que ne sera pas respectée la décision de la cour d'appel et tant que n'aura pas été ouverte une porte pour que ces familles entrent là où la cour d'appel leur a donné le droit d'abriter leur famille et leurs petits enfants. » **7.** L'abbé Pierre fonde en 1947 le mouvement Emmaüs, qui lutte contre la pauvreté et l'exclusion, principalement par l'activité économique de ses membres qui collectent les dons et vendent à bas prix des articles de seconde main. **8.** Abbé Pierre, « L'Heure de vérité », *op. cit.* : « L'Église est appelée à une vocation si merveilleuse qu'elle sera toujours débile, inférieure. [...] Ce qui est particulièrement navrant, c'est que l'Église continue à faire comme si elle était riche. [...] Quand le Pape a à se déplacer, c'est pas supportable qu'il y ait des dépenses faites pour lui plus grandes que celles qu'on fait pour les hommes les plus puissants de l'univers. [...] Il faut dire au Pape : ce n'est pas tolérable. Vous nous tirez dans le dos. Nous voulons faire croire que l'Éternel est amour, que l'amour c'est le partage, que les plus forts sont au service des plus faibles, et vous acceptez qu'on vous idolâtre... Jésus n'est pas venu en Cadillac ! » **9.** Pas de pédophilie, donc, mais des agressions sexuelles, dont le secret a tenu jusqu'après sa mort... Caroline de Haas (Egaé), pour Emmaüs International, *Rapport d'enquête*, 4 juillet 2024 : « Au total, le groupe Egaé a été destinataire de témoignages de 7 personnes faisant état de violences subies par des femmes de la part de l'abbé Pierre sur une période allant de la fin des années 1970 à l'année 2005. » Les penchants de l'abbé étaient pourtant depuis longtemps connus de l'Église. *Le Monde*, « Révélations sur l'abbé Pierre : la compulsion sexuelle du clerc catholique paraît indubitable », 20 juillet 2024 : « À partir de 1954-1955, des informations reviennent aux oreilles épiscopales sur son comportement. En profitant de ses réels problèmes de santé, les évêques informés lui imposent une cure médicale, puis psychiatrique en Suisse (1957-1958). Les prêtres déviants sont habituellement pris en charge en France par le Secours sacerdotal, la délocalisation laisse donc croire combien l'affaire est prise au sérieux. Quant à sa retraite spirituelle à Béni Abbès (1961), elle suit la logique de réforme comportementale appliquée par l'Église aux prêtres déviants et agresseurs sexuels. » **10.** Comme beaucoup de slogans et d'expressions figées, celle-ci vient d'un auteur. *Ni Dieu ni Maître* est le titre du journal fondé en 1880 par Auguste

Blanqui, un socialiste révolutionnaire. **11.** Mikhaïl Bakounine, *Dieu et l'État*, 1882 : « Si Dieu est, l'homme est esclave ; or l'homme peut, doit être libre, donc Dieu n'est pas. [...] Et si Dieu existait, il faudrait s'en débarrasser ! » **12.** Jean Meslier, *Mémoire contre les religions*, 1762 : « Ah ! mes chers amis, si vous connaissiez bien la vanité, et la folie des erreurs dont on vous entretient sous prétexte de religion, et si vous connaissiez combien injustement, et combien indignement on abuse de l'autorité que l'on a usurpée sur vous sous prétexte de vous gouverner, vous n'auriez certainement que du mépris pour tout ce que l'on vous fait adorer, et respecter, et vous n'auriez que de la haine et de l'indignation pour tous ceux qui vous abusent, et qui vous gouvernent si mal, et qui vous traitent si indignement. Il me souvient à ce sujet d'un souhait que faisait autrefois un homme, [...] que tous les grands de la terre, et que tous les nobles fussent pendus, et étranglés avec des boyaux de prêtres. » **13.** En France, les catholiques et les protestants se sont fait la guerre entre 1562 et 1598. **14.** Pape François, messe du 23 février 2017 : « Il y a ceux qui disent : je suis très catholique, je vais toujours à la messe, je fais partie de telle et telle association. Mais une partie de ces gens devraient également dire : ma vie n'est pas celle d'un chrétien, je ne verse pas de salaire correct à mes employés, j'exploite les gens, [...] je blanchis de l'argent, je mène une double vie. [...] Il y a beaucoup de catholiques qui sont comme cela et c'est un [...] scandale. Combien de fois avons-nous tous entendu des gens dire : si cette personne-là est catholique, il vaut mieux être athée ? » **15.** Petit rappel qui ne peut que faire du bien : la laïcité en France n'interdit pas les religions, ni leur expression dans l'espace public. Elle se concentre exclusivement sur l'exercice du pouvoir par l'État en en excluant toutes les organisations cléricales. « Loi du 9 décembre 1905 concernant la séparation des Églises et de l'État » : « Article 1 : La République assure la liberté de conscience. Elle garantit le libre exercice des cultes sous les seules restrictions édictées ci-après dans l'intérêt de l'ordre public. Article 2 : La République ne reconnaît, ne salarie ni ne subventionne aucun culte. En conséquence, à partir du 1er janvier qui suivra la promulgation de la présente loi, seront supprimées des budgets de l'État, des départements et des communes, toutes dépenses relatives à l'exercice des cultes. » **16.** Francesca Solleville, *Chez Leprest, volume 2*, « Je ne te salue pas », paroles d'Allain Leprest, 2009. Une merveille. Foncez.

7. Au secours, la planète brûle !

1. Jacques Chirac, au Sommet de la Terre, Johannesburg, 2 août 2002. **2.** « Document d'Information sur les Risques Majeurs » (DICRIM), commune de Martigues. **3.** totalenergie.fr, « Les 5 bonnes raisons de nous choisir » : « Faites le choix d'un fournisseur d'électricité et de gaz qui s'engage dans le développement d'une énergie plus propre à travers une électricité 100 % éolienne et solaire, et 10 % de biogaz dans son offre de gaz. Plus de 100 000 clients TotalEnergies ont déjà fait le choix d'agir pour la planète [...] grâce à l'offre verte. TotalEnergies s'engage également à compenser toutes ses émissions de CO_2 liées à la fabrication de papier dans le cadre de sa relation client. » Moi qui pensais que c'était l'extraction du pétrole qui causait des émissions de CO_2… en fait, c'était l'envoi des factures par la poste. Je me coucherai moins bête. **4.** « Le projet de Robert Hue pour une politique de gauche, les 25 engagements majeurs de Robert Hue », 1er mars 2002. **5.** Karl Marx, *Manuscrits de 1844*, trad. J. Malaquais et C. Orsoni : « C'est précisément en façonnant le monde des objets que l'homme commence à s'affirmer comme un être générique. Cette production est sa vie générique créatrice. Grâce à cette production, la nature apparaît comme son œuvre et sa réalité. »

8. Communisme LV1

1. service-public.fr, « Déclarer et payer les cotisations et contributions sociales des salariés », 1er juillet 2024 : « Les cotisations sociales sont des sommes (versements) déduites du salaire brut. Elles sont précomptées sur le salaire brut, c'est-à-dire retenues avant le versement du salaire. Le salarié perçoit ensuite le salaire net que l'employeur lui verse. » **2.** En 1944, sur l'impulsion des résistants communistes, le Conseil national de la Résistance propose dans son programme un « plan complet de Sécurité sociale visant à assurer, à tous les citoyens, des moyens d'existence dans tous les cas où ils sont incapables de se les procurer par le travail. » **3.** Ambroise Croizat, ouvrier ajusteur-outilleur depuis ses 13 ans, député communiste avant la guerre, a été emprisonné à Alger par le régime de Vichy jusqu'en 1943 et le débarquement allié en Afrique du Nord. La CGT clandestine le nomme à la commission consultative du gouvernement provisoire, où il travaille au projet de la Sécurité sociale. En 1945, il est nommé ministre du Travail et fonde le régime général de la Sécurité sociale. **4.** Comme Fatou Diome, romancière et essayiste dont je vous recommande toute la bibliographie. Sa plume trempe à la fois dans l'acide et le miel. Concernant les mouvements migratoires, elle disait, dans « Ce soir ou jamais », 24 avril 2015 : « L'Europe doit se respecter davantage. On ne vient pas que chercher du pain. On peut venir aussi pour la liberté, pour la démocratie, pour la culture européenne. L'Europe nourrit un vrai mépris d'elle-même en pensant qu'il n'y a que l'alimentation qui amène les gens. Elle n'a que ça à proposer ? Je pense qu'elle a bien plus à offrir. » **5.** Antonio Gramsci, *Notes sur Machiavel, sur la politique et sur le Prince moderne* (cahiers 13, 14, 15), 1932-1933 : « Peut-il y avoir une réforme culturelle, c'est-à-dire une élévation "civile" des couches les plus basses de la société, sans une réforme économique préalable et un changement dans la situation sociale et le monde économique ? Une réforme intellectuelle et morale est nécessairement liée à un programme de réforme économique, et même : le programme de réforme économique est précisément la façon concrète dont se présente toute réforme intellectuelle et morale. Le Prince moderne, en se développant, bouleverse tout le système de rapports intellectuels et moraux dans la mesure où son développement signifie que tout acte est conçu comme utile ou préjudiciable, comme vertueux ou scélérat, par seule référence au Prince moderne lui-même, et suivant qu'il sert à accroître son pouvoir ou à s'opposer à lui. Le Prince prend, dans les consciences, la place de la divinité. » **6.** Et nous n'étions pas les seuls. C'est une caractéristique que les classes sociales partisanes, la « bourgeoisie rouge », ont en commun. Pauline Clech, « Socialisation partisane, transformation de soi et subversion de classe en banlieue communiste (1960-2014). Le capital culturel institutionnalisé comme mode d'accès aux classes supérieures », *Sociologie*, vol. 12, 2021 : « Ces enquêtés ont incorporé d'autres normes au sein de l'univers partisan où un certain "franc parler" était de mise. Je n'ai pas observé d'hypercorrection langagière – caractéristique des individus en ascension sociale (Bourdieu, 1979a). Les entretiens sont caractérisés par un style relâché, souvent émaillés de grossièretés : "On mettait de l'argent pour soutenir les spectacles de Planchon, pas pour soutenir des spectacles qu'à l'époque on baptisait issus du théâtre classique, bourgeois, emmerdant (René Guérin)." Le franc-parler vise à se distinguer de la bourgeoisie, comme le souligne l'association faite par René Guérin, né en 1941, dans cet extrait d'entretien. »

9. Savoir, c'est pouvoir

1. « La Semaine sanglante », Jean-Baptiste Clément… Allez donc écouter cette chanson, vous m'en direz des nouvelles. La version d'Ogeret est la plus classique, mais mon cœur va à la voix de Michèle Bernard ! **2.** Pauline Clech, « Socialisation partisane, transformation de soi et subversion de classe en banlieue communiste (1960-2014). Le capital culturel institutionnalisé comme mode d'accès aux classes supérieures », *op. cit.* : « Ces militants communistes ne défendent pas un art populaire ou ouvrier. Pour eux, ce qui est populaire est de rendre accessible à la classe ouvrière ce dont elle est privée et non de développer un art qui lui soit propre. Cela explique qu'ils s'approprient le mot d'ordre d'Antoine Vitez – metteur en scène communiste – de l'"élitisme pour tous", rempart contre le mépris de classe. Pour être certains que les productions culturelles soutenues sont de qualité, ces enquêtés s'appuient progressivement sur les normes du champ artistique : ils s'en approprient les codes et les réputations, via le compagnonnage au long cours qui s'instaure avec les artistes et la lecture assidue des critiques publiées dans les journaux nationaux sur les spectacles programmés localement (Clech, 2018). » **3.** *Ibid.* : « Dans les années 1960 et 1970, en encourageant un travail de transformation de soi sur le front culturel, la socialisation communiste a débouché sur l'accumulation de ressources culturelles, transmuées en capital culturel par les institutions locales – ce qui a permis l'ascension sociale collective d'individus issus des classes populaires qui se sont ancrés dans l'espace des classes supérieures, en devenant des prescripteurs culturels reconnus. »

II. LES ANNÉES FAC

1. HORS-SUJET : PETIT GUIDE PRATIQUE DE LA DÈCHE ABSOLUE

1. Centre régional d'œuvres universitaires et sociales. **2.** Ah, le bon vieux booster bag ! Il y a encore une vingtaine d'années, tapisser un grand sac avec de l'aluminium était la technique la plus utilisée pour brouiller le signal radio des portiques antivol. Incapable de détecter le badge ou l'étiquette antivol, le portique laissait le voleur repartir comme si de rien n'était, sans déclencher l'alarme. Aujourd'hui, je vous déconseille cette technique. Les portiques antivol dernière génération sont équipés d'un détecteur d'aluminium… et les commerçants en sont de plus en plus souvent équipés. **3.** www.albal.fr/fr/des-idees-pour-vous-aider-1183.html : « TRUCS ET ASTUCES

– Facilitez-vous la vie en découvrant comment utiliser nos produits de façon détournée et insolite au quotidien. » Détournée, c'était le mot… mais sur le site de la marque, il n'y a rien sur l'acquisition des aliments. Il y a tout en revanche sur leur conservation ! **4.** Direction de l'information légale et administrative, « Contrôle de sécurité : fouille corporelle, vérification d'un sac, du véhicule… », 13 janvier 2022 : « La fouille dans les affaires personnelles (sac, portefeuille, poche…) d'une personne est assimilée à une perquisition. Seul un officier de police judiciaire peut fouiller dans les effets personnels d'une personne, en cas de flagrant délit, d'enquête préliminaire ou de commission rogatoire. Un douanier peut faire une fouille lors de la recherche d'une fraude. Les agents de surveillance, de gardiennage ou de sûreté, y compris les agents agréés employés par des sociétés privées, peuvent inspecter *visuellement* les bagages à main. Ils peuvent aussi, *avec l'accord de la personne*, les fouiller. » **5.** Magali Beffy, Denis Fougère, Arnaud Maurel, « L'impact du travail salarié des étudiants sur la poursuite et la réussite des études universitaires », *Économie et statistique*, n° 422, 2009 : « Les résultats montrent que l'occupation d'un emploi régulier réduit significativement la probabilité de réussite à l'examen de fin d'année universitaire. S'ils ne travaillaient pas, les étudiants salariés auraient une probabilité plus élevée de 43 points de réussir leur année. » **6.** Sun Tzu, *L'Art de la guerre*, trad. du père Amiot.

2. Rencontres du troisième type

1. Banal, c'est le mot. Dans le « Baromètre *Major-Prépa* 2022 », à la question : « Pour lequel de ces (potentiels) candidats pourrais-tu voter ? *Jusqu'à cinq choix possibles* », les étudiants en prépa répondent à 76,5 % Emmanuel Macron, qui arrive loin devant le deuxième, Yannick Jadot (28,5 %), et la troisième Valérie Pécresse (22,5 %). Il faut attendre la neuvième place pour trouver un anticapitaliste assumé, Mélenchon, qui n'est qu'à 10,5 %. On peut relativiser les résultats de ce sondage à la méthodologie assez approximative : taille d'échantillon réduite (seulement 336 élèves sondés), plus d'un tiers des sondés étudient en Île-de-France (donc dans de « grandes » prépas), la méthode des quotas n'est pas respectée, et aucune indication n'est faite sur le poids donné aux sondés en fonction de leur sexe, de leur origine géographique, de leur type d'établissement. Il n'en demeure pas moins que les réponses au sondage donnent si fortement Macron devant les autres qu'il est difficile de mettre en doute, au moins, que Macron fût premier dans les intentions de vote 2022 chez les préparationnaires. **2.** Gérard Grunberg, « Le parti d'Épinay : d'une rupture fantasmée à un réformisme mal assumé », *Histoire@Politique*, n° 13, 2011 : « La refondation de 1971, opérée par François Mitterrand, n'a pas rompu directement avec l'identité révolutionnaire du parti, ni avec la tension réforme/révolution. Mais la personnalité et l'action de François Mitterrand ont cependant donné à cette refondation, apparemment traditionnelle, certains traits nouveaux qui ont conduit peu à peu le Parti socialiste à faire évoluer son discours et son idéologie vers un abandon de la perspective révolutionnaire. Cependant, le poids historique de la pensée anti-réformiste dans le parti français n'a pas permis, jusqu'à aujourd'hui, que le réformisme, affirmé nettement pour la première fois par la nouvelle déclaration de principes de 2008, soit véritablement assumé par le parti tout entier comme une valeur en soi. Le socialisme français demeure ambigu sur la nature de ses objectifs politiques et la manière de les remplir, et donc sur la nature même de son réformisme. » **3.** Proposition de loi renforçant la lutte contre le système prostitutionnel, adoptée par l'Assemblée nationale en première lecture, « Renforcement des moyens de lutte contre le proxénétisme et la traite des êtres humains aux fins d'exploitation sexuelle », 4 décembre 2013 : « Art. 225-12-1. – Le fait de solliciter, d'accepter ou d'obtenir des relations de nature sexuelle d'une personne qui se livre à la prostitution, y compris de façon occasionnelle, en échange d'une rémunération, d'une promesse de rémunération, de la fourniture d'un avantage en nature ou de la promesse d'un tel avantage, est puni de l'amende prévue pour les contraventions de la cinquième classe. » **4.** Emmanuelle Piechowicz, « Prostitué-e-s et client-e-s au travers de la lunette médiatique », *Le Sociographe*, n° 59, 2017 : « Quelles sont aujourd'hui les représentations des prostitué-es et de leurs client-e-s véhiculées dans les médias de masse ? Nous avons repris quelques articles de presse qui nous permettront de revenir sur les réactions déclenchées par la promulgation de cette loi. Notre attention s'est plus particulièrement portée sur trois articles issus de journaux qui se veulent critiques de l'adoption de cette loi. L'ancrage politique de ces journaux est certainement l'un des ressorts de leur positionnement, mais notre propos est ici tourné vers l'analyse des ressorts argumentatifs justifiant le maintien de la possibilité de recours à la prostitution. [...] Dans ces articles, la marchandisation des corps est simplement banalisée et les propos sont sous-tendus par les valeurs d'un modèle économique libéral sans limite. Nous ne pouvons constater que la prégnance de la présentation de la prostitution sous un rapport marchand. La violence subie par les personnes prostituées largement décrite dans – notamment – l'enquête de Legardinier et Bouamama (2006, p. 217-240) est totalement passée sous silence. La violence de devoir subir un acte sexuel non désiré suppose une absence de soi, le recours à l'alcool ou à des substances psychoactives pour le supporter. Dans les articles étudiés, au contraire, les images véhiculées sont idylliques. [...] De même, le choix des visuels n'est pas anodin. [...] La personne prostituée est alors plus accessible, elle console, et se laisse cajoler par des hommes en mal d'amour. Les représentations ici, y compris celle de "psychologue du sexe", renvoient aux fantasmes véhiculés par la prostitution et sont très loin des vécus réels des personnes prostituées (Legardinier, Bouamama, 2006, p. 217-240). » **5.** Michel Hazanavicius, *OSS 117 : Rio ne répond plus*, 2009. Une pépite ! **6.** Clermont-Ferrand jouxte Chamalières, le fief historique de Valéry Giscard d'Estaing.

Aujourd'hui, c'est d'ailleurs son fils qui en est maire : Louis Giscard d'Estaing. C'est son portrait craché au mur. Vraiment, c'est déroutant. **7.** Nicolas Sarkozy, discours au Congrès de l'UDR, 1975 : « Être jeune gaulliste, c'est être révolutionnaire. » On n'a malheureusement pas d'images de ce discours… Ce sont des propos rapportés par les témoins.

3. Losers

1. Si vous voulez en savoir plus sur la prépa, et la prise de conscience de classe qu'on peut y vivre, je vous conseille l'excellent roman *La Purge*, d'un auteur que j'aime beaucoup. **2.** « El pueblo unido jamás será vencido », une magnifique chanson de Sergio Ortéga, sortie juste avant qu'on assassine Allende et qu'on dérouille les Chiliens, parce qu'ils manquaient d'unité… ou parce que les soldats de Pinochet, soutenus par les États-Unis pour des raisons de géopolitique, avaient finalement plus de force qu'un peuple désarmé.

4. Écologie new age, développement durable et bobos à chignon

1. Sophie Corbillé, *Paris bourgeoise, Paris bohème : la ruée vers l'Est*, PUF, 2013 : « J'ai vu tout changer. Mon petit coiffeur est devenu un bar branché. Les artisans partaient, ils revendaient leurs trucs parce que les prix montaient. J'ai vu des Américains acheter des ateliers dans une impasse en 1984-1985 à 200 000 francs et qui ont revendu 6 ans après à 7 millions. Il y a aussi les petits vieux, ils avaient deux ou trois chambres de bonne qu'ils ont rafistolées et vendues. Ils les avaient achetées il y a 50 ans. Il faut imaginer Bastille avant, les motards, la zone, les voyous. Puis les jeunes sont arrivés, vers 1987. Mais c'était encore tranquille. Il n'y avait que quelques bars : L'Objectif Lune, El Barillo, rue de Lappe, Le Balajo. Et après L'Industrie. Le type a refait le bar et c'est allé à la vitesse grand

V. [...] Et puis il y a eu aussi la construction de l'Opéra-Bastille. » Propos rapportés d'un habitant du quartier de la Bastille. **2.** Annick Rivoire, « L'été de tous les bobos », *Libération*, 15 juillet 2000 : « Les Bobos [...] cultivent une passion pour les légumes bio et les gadgets techno. Ils engrangent les stock-options et soutiennent José Bové à Millau. [...] Car l'ambition majeure du Bobo, c'est la contradiction réconciliée : argent et conscience sociale, esprit critique et hédonisme, [...] multiculturalisme et consommation de masse. » **3.** Sophie Corbillé, « Le "bobo" dans sa vi(ll)e, analyse de l'existence plurielle d'une catégorie à la croisée du journalisme, du commerce et du politique », *Sociétés & Représentations*, n° 44, 2017 : « Chaque terme [bobo ou hipster] a une histoire et une définition propre et est associé à des imaginaires urbains différents. Il semblerait aussi que l'usage de ces catégories à Paris permet parfois de distinguer des "générations" d'habitants. Les "bobos" sont ainsi souvent associés aux personnes arrivées dans ces quartiers entre la fin des années 1990 et 2010 (la catégorie vieillirait donc avec ceux auxquels elle est associée), alors que les "hipsters" sont plus facilement associés aux personnes arrivées après. » **4.** Jean-François Labbé, « Illustration, à travers la légende classique des grains de blé placés sur un jeu d'échecs, des limites incontournables de la croissance de la consommation des métaux et de la contribution du recyclage à leur approvisionnement », *Annales des Mines – Responsabilité & Environnement*, n° 99, 2020 : « La France continue à accroître la quantité de biens matériels sur son territoire, ne serait-ce que par l'accroissement de la taille de ses villes et de l'emprise urbaine, et donc la quantité de matière qu'elle utilise au final. Du fait de la délocalisation de ses industries, la France consomme moins directement de matières premières qu'il y a quelques décennies, mais elle continue à en consommer toujours davantage au travers des biens qui sont manufacturés hors de son territoire avant d'être importés, matières premières qu'il aura bien fallu extraire quelque part. [...] Tant qu'il y aura croissance de la consommation d'un métal donné, il sera nécessaire que la production primaire (donc minière) suive la même croissance, et ce quel que soit le taux de recyclage de ce métal. L'approvisionnement secondaire restera inférieur aux besoins. La production minière restera donc cruciale et indispensable au niveau mondial. » **5.** Bien que le nucléaire ait un impact environnemental évident (rejets thermiques, déchets radioactifs), les émissions de gaz à effet de serre sont négligeables en comparaison de celles liées aux énergies fossiles, et le nucléaire contribue donc très peu au réchauffement climatique. En France, en 2022, l'arrêt brutal de centrales a d'ailleurs déjà causé une augmentation des émissions de CO_2, comme le démontre le *Baromètre des émissions mensuelles* du CITEPA (Centre interprofessionnel technique d'étude de la pollution atmosphérique) du 21 décembre 2022 : « Dans le secteur de la production d'énergie, les émissions sont plus élevées en 2022 qu'en 2021, et ce pour tous les mois de janvier à septembre. Cela s'explique notamment par l'arrêt de nombreux réacteurs nucléaires en 2022 qui a entraîné le recours aux centrales thermiques. Cela se traduit par une forte hausse des émissions du sous-secteur de la production d'électricité. » **6.** Adeline Alonso Ugaglia, Bernard Del'homme, Marie Lemarié-Boutry, Frédéric Zahm, « Le rôle des circuits courts et de proximité dans la performance globale des exploitations agricoles », *Reflets et perspectives de la vie économique*, n° 43, 2020 : « En ce qui concerne la performance environnementale, il est commun de lire que les circuits courts de proximité engendrent une consommation plus respectueuse de l'environnement liée à des pratiques de production durables, à la réduction des emballages, et à la limitation des émissions de CO_2. Des initiatives [...] permettent aux consommateurs de communiquer directement leurs préférences environnementales et sanitaires aux producteurs, tout comme la diversité des produits qu'ils souhaitent consommer (Barnier, 2009). Pour autant, peu d'articles démontrent réellement une meilleure performance environnementale des exploitations en CCP [circuits courts et de proximité], et encore moins s'interrogent à plus large échelle sur les questions de transport et de logistique, en lien avec l'impact environnemental de ce mode d'approvisionnement pour les consommateurs. » **7.** Barbara Redlingshöfer, « L'impact des circuits courts sur l'environnement », *in* Gilles Maréchal (dir.), *Les Circuits courts alimentaires*, 2008 : « Selon Schlich *et al.* (2005), la logistique hautement efficace des chaînes d'approvisionnement internationales qui s'appuient sur le transport maritime et routier de gros volumes peut être, dans certains cas, plus économe en énergie pour transporter un produit, malgré de longues distances. En revanche, un véhicule de petite taille, un faible taux de remplissage et un trajet sur deux à vide qui caractérisent la distribution locale sont de nature à désavantager le produit dans la quête aux économies d'énergie. » **8.** Yannick Jadot, « Questions au gouvernement », Public Sénat, 6 mars 2024 : « Le dérèglement climatique n'attendra pas quinze ou vingt ans ! [...] Cassons la malédiction des EPR. » **9.** Marine Tondelier dans *20 Minutes*, 18 mars 2023 : « Malheureusement, notre foi absolue, irrationnelle dans le nucléaire, nous a fait prendre un retard dangereux et climaticide », propos recueillis par Rachel Garrat-Valcarcel. **10.** Le cas s'est déjà produit en 2024. « Uranium : la filiale d'Orano au Niger en grande difficulté financière », *Le Monde*, 10 juillet 2024. **11.** Thierry Pacquot, « De la "société de consommation" et de ses détracteurs », *Mouvements*, n° 54, 2008 : « Les premières formulations de cette conception du "capitalisme pour tous" ont immédiatement suscité des critiques particulièrement argumentées, tant de "réformateurs", que de libertaires ou de marxistes (aux obédiences de plus en plus diverses). À l'idée d'une "société industrielle" s'ajoute au cours des années 1930, celle d'une "société de masse" (Ortega y Gasset, Karl Jaspers, Henry de Man, Paul Tillich, Max Horkheimer, Theodor Adorno, Emil Lederer, Leo Lowenthal, Dwight Macdonald ou encore Hannah Arendt), où s'opposent les "élites" et les "masses". [...] Il convient d'ajouter d'autres interprétations qui s'intéressent à la consommation, à la publicité, au crédit, à l'aliénation, plus qu'à la production, à la domination, à la propriété du capital et des capitaux. »

5. RAVI DE VOUS RENCONTRER, JE SUIS CIS-HÉTÉRO

1. Il y a beaucoup à dire sur la construction du genre dans la mode vestimentaire des adolescents, surtout chez les collégiens. Ici, je n'en parle pas, mais si le sujet vous intéresse, je vous recommande, pour commencer, le très bon article de Stéphanie Barrau « Pratiques vestimentaires et expressions du genre », dans *Agora débats/jeunesse*, n° 75, 2017, notamment sur l'injonction pour les filles à atteindre un idéal intenable de féminité : « L'adolescence constitue une période charnière dans l'intériorisation par les jeunes filles de l'injonction paradoxale qui les pousse à mettre en valeur leur corps tout en faisant preuve de modération. Aurélia Mardon (2010) avance l'idée d'une "féminité respectable", au croisement des codes vestimentaires des pairs et du contrôle des adultes. [...] Dans les [...] milieux scolaires, des vêtements du vestiaire féminin adulte attestent cette inscription précoce (dès l'entrée en sixième) dans le genre féminin. Les mères, fortement impliquées dans les choix vestimentaires, résistent plus ou moins à ces pratiques mais transmettent toujours l'idée d'une féminité respectable, les définitions de cette notion pouvant varier selon les familles (Mardon, 2011) et leur composition (dans le cas de l'initiation par les sœurs aînées, par exemple). Cette sexualisation précoce des corps est largement renforcée par les réseaux médiatiques (les séries télévisées, les émissions et les magazines de maquillage et de mode [*Girls*, *Madame Figaro*]) qui tendent à uniformiser l'apparence des jeunes filles et, dans une certaine mesure, à lisser les différences sociales. » **2.** Je ne peux pas résister au plaisir de vous apprendre que les Québécois appellent ça un gilet-bedaine, ce qui, disons, n'en accentue pas le sex-appeal. Ne me remerciez pas, c'est cadeau. **3.** Je le reconnais, j'ai dû chercher le nom, donc, pour ceux qui comme moi ne savaient pas : il s'agit d'une teinture qui fait un dégradé de deux couleurs entre les racines et les pointes. **4.** Ça manquait au tableau : j'avais déjà un ami noir. **5.** Si vous ne connaissez pas ça, faites-vous du bien, allez écouter le « Remix contre naturaaanh !!! », RomanoBay, 26 novembre 2012, qui remet parfaitement à sa place cette militante de Civitas, un parti politique catholique intégriste d'extrême droite. **6.** Loi n° 2013-404 du 17 mai 2013 ouvrant le mariage aux couples de même sexe. La loi donne également aux couples homosexuels le droit d'adoption, et (plus anecdotique mais tout de même sympa) interdit aux entreprises toute sanction, licenciement ou discrimination à l'égard de leurs salariés homosexuels (mariés ou pacsés) qui refuseraient une mutation dans un pays où l'homosexualité est illégale. **7.** Il y en a trop, je ne mets ici que les affaires qui ont abouti à une condamnation. 1996 : condamné pour prise illégale d'intérêts à quinze mois de prison avec sursis, 200 000 francs d'amende, et deux ans d'inéligibilité. 2020 : condamné pour fraude fiscale et blanchiment de fraude fiscale à dix ans d'inéligibilité et trois ans de prison ferme (rassurez-vous, il n'y est resté que quelques mois. Noblesse oblige.) ; 2022 : condamné (encore !) pour fraude fiscale à quatre ans et demi de prison ferme, 100 000 € d'amende, 400 000 € de dommages et intérêts à l'État, à la confiscation de certains de ses biens immobiliers fort mal acquis. **8.** Condamné en 2019, puis relaxé en cour d'appel… mais pas blanchi : la justice a estimé que les victimes, devenues majeures au moment de l'affaire, auraient pu porter plainte elles-mêmes. Il n'en demeure pas moins que cela donne aux discours de monseigneur l'archevêque sur la famille et la protection des enfants une teinte toute… en demi-teinte. **9.** Loi 75-17 du 17 janvier 1975 relative à l'interruption volontaire de la grossesse. **10.** Du 13 avril 1944 au 15 avril 1945, Simone Veil a été successivement détenue dans les camps d'Auschwitz-Birkenau (où elle prétend avoir 18 ans et non 16 pour échapper aux gaz), Bobrek, puis, après la marche de la mort (évacuation des camps par les SS fuyant devant l'Armée rouge), à Bergen-

Belsen. **11.** Rien ne lui a été épargné. À elle qui avait réchappé à la Shoah, Jean-Marie Daillet, député de la Manche, a dit dans l'hémicycle le pire qu'il pouvait dire. Assemblée nationale, troisième séance du mercredi 27 novembre 1974 : « Supposez que l'on retrouve l'un des médecins nazis qui a encore échappé au châtiment qui en a frappé d'autres, l'un de ces hommes qui a pratiqué la torture et la vivisection humaine. Y a-t-il, voulez-vous me le dire, différence de nature entre ce qu'il a fait et ce qui sera pratiqué officiellement dans des hôpitaux et dans des cliniques de France ? Votre projet de loi ne porte-t-il pas, par ailleurs, condamnation d'êtres incapables de se défendre ? On est allé – quelle audace incroyable ! – jusqu'à déclarer tout bonnement qu'un embryon humain était un agresseur. Eh bien ! ces agresseurs, vous accepterez, madame, de les voir, comme cela se passe ailleurs, jetés au four crématoire ou remplir des poubelles. *(Protestations sur les bancs des socialistes et radicaux de gauche et des communistes et sur divers bancs de l'union des démocrates pour la République. – Applaudissements sur quelques bancs de l'Union des démocrates pour la République.)* » **12.** Alors candidate aux élections européennes, Simone Veil avait tenu un meeting, le 7 juin 1979, violemment interrompu par des militants d'extrême droite dont Jean-Marie Le Pen, qui ont physiquement agressé le public et lancé des lacrymogènes. Veil les avait remis à leur place. TF1, *13 heures*, 8 juin 1979, extrait du meeting de Simone Veil : « Et je vais vous dire encore une chose : vous ne me faites pas peur, pas peur du tout ! J'ai survécu… j'ai survécu à pire que vous : vous n'êtes que des SS au petit pied ! » **13.** Le 1er juillet 2018, Simone Veil devient la cinquième femme à faire son entrée au Panthéon. **14.** Il faut dire que la pauvre Simone Veil était atteinte de la maladie d'Alzheimer, et que, vraisemblablement, les manifestants lui avaient mis un drapeau dans les mains dont elle ne savait rien. **15.** Mention spéciale à celui des Chiennes de garde, association spécialement engagée dans la défense des femmes dans le débat public… et puisqu'on parle de débat public, je recommande à tous ceux qui ont envie de voir Éric Zemmour se prendre la raclée verbale qu'il a toujours méritée d'aller regarder ce qu'Isabelle Alonso (cofondatrice des Chiennes de garde) lui envoie dans la figure dans *On a tout essayé*, 9 février 2006. Personnellement, je ne m'en lasse pas. **16.** De même que le mot « gauchiste » est difficilement une insulte depuis qu'il a été revendiqué par la gauche radicale, le mot « gouine » est, selon qui le dit, une insulte ou ne l'est pas… Alors je saute le pas, et je rappelle que la première association revendicative féminine homosexuelle revendiquait le mot : Les Gouines rouges, fondée en 1971. **17.** Anne-Thaïs du Tertre d'Escœuffant, *alias* Thaïs d'Escufon, est une militante active du suprémacisme blanc et se déclare contre « le matriarcat caché » (très bien caché en effet) qui sévirait en France et opprimerait les hommes. Elle était la dernière porte-parole de Génération identitaire, une association d'extrême droite fascistoïde dissoute en 2021 par le gouvernement au titre de l'article L.212-1 du code de la sécurité intérieure. *Journal officiel*, « Décret du 3 mars 2021 portant sur la dissolution d'une association » : « Considérant, en premier lieu, […] que l'association "Génération identitaire" promeut en réalité, au travers de ses interventions, de ses publications ainsi que des agissements et propos de ses dirigeants ou membres, une idéologie incitant à haine, à la violence ou à la discrimination des individus à raison de leur origine, de leur race ou de leur religion ; […] considérant que par suite, l'association "Génération identitaire" peut être regardée comme présentant par sa forme et son organisation militaires, le caractère d'une milice privée, au sens du 2° de l'article L. 212-1 du code de la sécurité intérieure. » **18.** Du moins, depuis récemment, car je ne suis pas le seul à avoir longtemps sous-estimé l'ampleur du phénomène. Carole Gayet-Viaud, « Le harcèlement de rue et la thèse du continuum des violences », *Déviance et Société*, vol. 45, n° 1, 2021 : « La notion de "harcèlement de rue" s'est imposée dans le débat public français pour désigner un phénomène qui, s'il n'a suscité l'attention médiatique et politique que récemment, touche à des préoccupations plus anciennes (Bastiat, 2004 ; Blidon, 2016). En France, l'articulation des questions de genre aux études urbaines a mis du temps à s'imposer. Les travaux pionniers de Jacqueline Coutras (1996) ou de Sylvette Denèfle (2004) jouissent désormais d'une reconnaissance qui ne doit pas faire oublier la tiédeur qui a caractérisé leur réception initiale (Denèfle, Ratouis, 2010 ; Bathelier *et al.*, 2017). » **19.** Même pendant la pandémie de Covid-19 ! Abstract de l'enquête d'Ipsos Public Affairs, « Enquête internationale sur le harcèlement sexuel dans l'espace public », 2021 : « Depuis le début de la pandémie de Covid-19, une femme sur trois a été victime d'au moins une situation de harcèlement sexuel dans un lieu public, un chiffre particulièrement fort étant donné la période restreinte (plus ou moins 1 an selon les pays). À noter que ce chiffre atteint 45 % chez les femmes de moins de 35 ans (contre 14 % des femmes de 60 ans et plus). 42 % des répondants ont par ailleurs été témoin d'au moins une situation de harcèlement (et même 51 % des jeunes femmes et 58 % des jeunes hommes). Néanmoins, seul un répondant sur cinq (21 %) estime que la probabilité d'être victime de harcèlement sexuel dans l'espace public a augmenté : preuve d'un décalage important entre la perception et la réalité. » **20.** Isabelle Labeyrie, « En Chine, le travail forcé des Ouïghours pour Nike et d'autres grandes marques », France info, 2 mars 2020 : « Le rapport [...] de l'ONG australienne ASPI détaille le vaste programme de transfert de main d'œuvre, créé par le gouvernement central : il conduit parfois directement les Ouïghours de leurs camps de rééducation du Xinjiang dans des usines situées à plusieurs milliers de kilomètres. Entre 2017 et 2019, plus de 80 000 Ouïghours ainsi emprisonnés dans la région du Xinjiang ont été transférés ailleurs en Chine. ASPI a identifié 27 usines au total, situées dans neuf provinces différentes. Des usines où les conditions de travail sous contrainte s'apparentent évidemment à du travail forcé... des usines de sous-traitance qui font très officiellement partie des chaînes d'approvisionnement des plus grandes marques internationales. [...] Dans l'une de ces usines, qui fabrique chaque année près de sept millions de paires de chaussures pour Nike, l'équipementier américain, il y a des tours de guet et des barbelés. [...] Plus de 80 multinationales sont concernées. Dans le domaine des nouvelles technologies : Apple, Sony, Samsung, Nokia mais aussi Huawei le Chinois. Dans le textile : Adidas, Lacoste, Gap, Uniqlo, H&M... Ou encore dans l'automobile : BMW, Volkswagen, Mercedes, etc. » **21.** Le terme désigne et couvre en fait un sens assez large, et parfois contradictoire, comme beaucoup de termes pseudo-scientifiques qui ne correspondent à aucune réalité mesurable. **22.** Georges Brassens, « La non-demande en mariage », *Supplique pour être enterré sur la plage de Sète*, 1966. Foncez écouter cette merveille, ainsi que tout l'album, ainsi que tout Brassens. Sa poésie vous fera l'effet d'une tartine de beurre salé et de miel d'acacia. **23.** Marion Charpenel, « Les groupes de parole ou la triple concrétisation de l'utopie féministe », *Éducation et Sociétés*, n° 37, 2016 : « Malgré la prise de parole généralisée qu'a été 1968 (de Certeau 1994, Memmi 2008), des voix se firent ainsi rapidement entendre pour dénoncer le maintien de fait de sa confiscation par une minorité. Au sein même des mouvements protestataires, certains perçoivent leur expression comme marginalisée. C'est le cas des femmes qui pointent le monopole des hommes sur la parole politique (Voldman 1985, Zancarini-Fournel 2002). En militant dans des groupes gauchistes, où leur parole est négligée et leur situation non considérée, des féministes comprennent la nécessité de créer des lieux d'expression régis par des principes différents où le vécu spécifique des femmes peut s'exprimer, des “espaces discursifs du dicible” (Pollak & Heinich 1986) féministes. [...] Verta Taylor, qui observe des pratiques comparables, vers 1985-1995, aux États-Unis, au sein des groupes de femmes luttant contre la dépression post-partum, utilise le concept d'espaces libres (free spaces) pour désigner ces lieux qui “servent à confirmer que certaines expériences sont bel et bien partagées et qui permettent de s'ouvrir à de nouvelles identités”

(Taylor 1999). Elle les décrit comme des "espaces où les femmes disent leur solidarité, analysent leurs problèmes sur la base de leurs expériences personnelles et impulsent des changements dans leurs vies" (Taylor 1999). Leur raison d'être est donc triple : inciter les femmes à la prise de parole, valoriser leur point de vue subjectif comme source de savoir et encourager l'expression de discours sur un soi intime pour générer des solidarités. » **24.** Conseil supérieur de l'audiovisuel, *La représentation des femmes à la télévision et à la radio – rapport sur l'exercice 2020*, 4 mars 2021 : « Dans la continuité des résultats enregistrés en 2019, la part des femmes présentes à l'antenne – télévision et radio confondues – se stabilise à 41 % (contre 59 % d'hommes). Si les radios marquent le pas (39 % soit -1 point par rapport à 2019), les télévisions présentent un taux en hausse (43 % soit +1 point par rapport à 2019) et continuent de se rapprocher de la parité. Reste qu'à présence égale, les femmes s'expriment toujours moins que les hommes. Le temps de parole des femmes à l'antenne – télévision et radio confondues –, mesuré automatiquement par l'INA, est inférieur au taux de présence et est relativement stable par rapport à 2019 (35 %). » À peine plus d'un tiers de temps de parole des femmes ? On se « rapproche de la parité »… avec modération. **25.** Ipsos, « LGBT+ Pride 2023 ». L'enquête montre tout de même qu'entre 11 et 15 % des sympathisants PS, d'EELV et de La France insoumise sont favorables à une reconnaissance juridique pour les couples homosexuels mais contre le mariage de plein droit ; et que par ailleurs entre 8 et 9 % des sympathisants sont d'accord avec la proposition : « Les couples homosexuels ne devraient pas être autorisés à se marier ou à obtenir tout type de reconnaissance juridique. » **26.** Comme souvent, les militants d'extrême droite s'emparent du sujet en le mélangeant à tous les autres, dans leur soupe habituelle de l'intolérance généralisée. Les plus actifs sont les membres de l'association Parents vigilants, fondée par Reconquête, le parti d'Éric Zemmour, et représentée par Agnès Marion, une militante qui navigue entre le RN et Reconquête.

« Comment les “Parents vigilants”, créés par Eric Zemmour, mettent sous pression des professeurs », France info, 3 octobre 2023 : « Selon Agnès Marion, “c'est le lobby islamiste, le lobby LGBT ou le lobby immigrationniste” qui sont à l'œuvre. “Qu'on apprenne à des enfants de primaire les pratiques sexuelles, avec qui et dans quelle position ils peuvent avoir des relations sexuelles, je suis désolée, mais ça n'est en aucun cas le rôle de l'école.” » Est-il besoin de rappeler qu'il n'y a rien de semblable dans la circulaire n° 2018-111 du 12-9-2018 du ministère de l'Éducation nationale et de la Jeunesse qui détermine les conditions de l'éducation à la sexualité dans le primaire et le secondaire ? Rien qui n'empêche l'association de menacer les enseignants, comme le montre la réponse du ministère de l'Éducation nationale à la question du sénateur Ian Brossat (PCF) du 14 mars 2024 : « Le ministère prend très au sérieux toute menace en direction du personnel et toute entrave à l'exercice de ses missions. [...] Plus de 40 signalements ont été réalisés depuis la rentrée 2023 sur des faits de remise en cause d'enseignements, revendiqués par Parents vigilants, des collectifs ou des parents proches de ce mouvement. Les contestations signalées portaient principalement sur l'éducation à la sexualité d'une part, sur l'éducation à la santé et l'importance de la vaccination d'autre part. » **27.** Ipsos, « LGBT+ Pride 2023 » : Homosexuels : 3 %. Bisexuels : 4 %. Pansexuels : 1 %. Asexuels : 1 %. **28.** Dont moins d'un tiers de transsexuels, soit moins d'1 % de la population. Ipsos, LGBT+ Pride 2023. **29.** Et avec qui le veut bien en retour, sans quoi la chose perd de son intérêt. **30.** Simone Veil, discours sur l'IVG à l'Assemblée nationale, 26 novembre 1974.

III. ILLUSIONS PERDUES

1. On a perdu, bien fait pour eux !

1. Le 21 avril 2002, avec 16,18 % des suffrages exprimés, Lionel Jospin n'accède pas au second tour. Le soir même, il déclare : « J'assume pleinement la responsabilité de cet échec et j'en tire les conclusions en me retirant de la vie politique après la fin de l'élection présidentielle. » **2.** Avec 3,37 % des suffrages exprimés, le candidat communiste réussit en 2002 l'exploit de faire moins que Noël Mamère (Les Verts – 5,25 %) et Olivier Besancenot (NPA – 4,25 %). **3.** En 2007, les Français font la charité de 700 000 voix à la candidate communiste, soit 1,93 % des suffrages exprimés. Cette année-là, les communistes entraient dans la liste des espèces éteintes à l'état sauvage de l'UICN. **4.** Tu parles d'un socialiste... Projet de loi de finances pour 2014, « Rapport économique, social et financier », page 21 : « Le Gouvernement a fait le choix de relever la durée de cotisation nécessaire pour une pension au taux plein plutôt que d'augmenter les bornes d'âge, afin de ne pas pénaliser, dans un souci de justice sociale, les assurés qui ont commencé tôt leur carrière professionnelle. Ainsi, l'âge légal de départ à la retraite est maintenu à 62 ans, mais l'âge effectif de départ à la retraite, qui constitue le critère déterminant au regard de la soutenabilité des finances publiques, devrait mécaniquement augmenter avec l'allongement de la durée de cotisation. À terme, un assuré qui débute sa carrière à 23 ans (c'est la moyenne en France) ne pourra partir à la retraite au taux plein qu'à partir de 66 ans. » **5.** La loi Macron, de son nom complet loi du 6 août 2015 pour la croissance, l'activité et l'égalité des chances économiques, marque un tournant vers le libéralisme de François Hollande. C'est une loi très transversale, qui met en concurrence la SNCF avec les autocars, autorise l'ouverture des commerces le dimanche, plafonne les indemnités qu'un juge peut octroyer pour licenciement abusif, affaiblit les procédures prud'homales pour faciliter le licenciement, y compris les licenciements collectifs. Vie publique, « Panorama des lois », 7 août 2015 : « Le texte prévoit que l'employeur pourra fixer unilatéralement les critères d'ordre des licenciements, sans accord des syndicats. Le plan social des entreprises en redressement ou liquidation devra être proportionné au regard des moyens dont dispose l'entreprise, et non plus du groupe auquel elle appartient. » **6.** La loi El Khomri, de son nom complet loi du 8 août 2016 relative au travail, à la modernisation du dialogue social et à la sécurisation des parcours professionnels, est une loi d'affaiblissement du Code du travail au profit de la négociation dans l'entreprise, autrement dit défavorable aux travailleurs. Cette loi est emblématique du virage à droite (à ce niveau, on pourrait parler de volte-face) de François Hollande et du gouvernement Valls. Vie publique, « Panorama des lois », 10 août 2016 : « Le texte apporte plus de souplesse aux entreprises pour adapter le temps de travail, de repos et de congés en tenant compte des variations de l'activité de l'entreprise. Dans ces domaines, les accords d'entreprise peuvent prévaloir sur les accords de branche. » **7.** Voir les chants de la Commune, ou de la Résistance : le ton est généralement pessimiste. Il y est souvent question de la mort des partisans, de leur échec, de la trahison et des bassesses des réactionnaires triomphants : « La Semaine sanglante », Jean Baptiste Clément, « Le Drapeau rouge », Paul Brousse, « Au mur », Jean Baptiste Clément, « Le Tombeau des fusillés », Jules Jouy, « Elle n'est pas morte ! », Eugène Pottier, « La Butte rouge », Montéhus, « La Complainte du partisan », Bernard, ou plus récemment « Les Anarchistes », Léo Ferré, « Sans la nommer », Georges Moustaki, « On lâche rien », HK et les Saltimbanks… Même à l'étranger, les chants les plus connus sont désespérément tragiques, et impliquent le plus souvent la mort du protagoniste ou de ses proches : « Bella Ciao », anonyme, « Si me quieres escribir », anonyme, « No pasarán », anonyme, « Wir sind die Moorsoldaten », anonyme, etc. **8.** Pour ne parler que du plus connu : *La Liberté guidant le peuple*, Eugène Delacroix, 1830, donne une représentation très sombre des Trois Glorieuses, soulèvement qui s'est pourtant soldé par la victoire des révolutionnaires sur Charles X. Sans parler de la composition d'ensemble, inspirée du tableau tragique *Le Radeau de la Méduse* de Théodore Géricault, on notera que le premier plan est occupé par les corps sans vie (ni vêtements) et désarticulés d'insurgés entassés devant les restes d'une barricade, qu'une majeure partie du tableau met dans l'ombre et la fumée le peuple de Paris et que l'allégorie de la République, seule figure mise en lumière avec la classe bourgeoise, est dépenaillée, comme offrant sa poitrine aux balles des militaires royalistes qu'on suppose hors champ… Une toile moins claire qu'obscure. **9.** Y compris les miens, il faut bien le reconnaître… Auto-promo inéluctable : allez donc lire *La Mécanique du singe* et *Sourde colère*, très largement inspiré de l'excellent roman de Georges Simenon *Le Président* (dont je vous conseille chaudement l'adaptation en film en 1961 par Henri Verneuil et Michel Audiard, avec Jean Gabin qui nous campe un Émile Beaufort inoubliable). **10.** Je ne vais pas vous gâcher la fin, donc je n'en parlerai pas, mais si vous ne les connaissez pas, je vous conseille tous ces films qui ont forgé l'imaginaire collectif des militants de gauche (comme pour les précédentes notes, on ne peut pas être exhaustif, j'en demande pardon par avance à Jésus) : *Metropolis*, Fritz Lang, 1927, *Soleil Vert*, Richard Fleischer, 1973, *Ridicule*, Patrice Leconte, 1996, et bien d'autres ! **11.** Si vous voulez déprimer (ou bien rire, c'est selon), faites-vous un marathon des discours d'Arlette Laguiller. Tout y pue la défaite. Goûtez donc ce morceau de bravoure, extrait de sa « Déclaration sur sa fidélité à sa ligne politique de défense des travailleurs et son appel au vote de soutien pour Lutte ouvrière aux élections législatives », Presles, 26 mai 2007 : « Et si, depuis tant d'années, la classe ouvrière recule devant l'offensive de la bourgeoisie, c'est bien sûr en raison de la situation objective, de la crise économique et du chômage qui affaiblissent la position du monde du travail face au grand patronat et ses laquais politiques. Mais c'est aussi parce que, faute d'un véritable parti représentant ses intérêts politiques, le monde du travail est désarmé. » Dont acte. À quoi dans ce cas sert Lutte ouvrière ? **12.** Edmond Rostand, *Cyrano de Bergerac*, 1897 : « Que dites vous ?… C'est inutile ?… Je le sais ! // Mais on ne se bat pas dans l'espoir du succès ! // Non ! Non, c'est bien plus beau lorsque c'est inutile ! » **13.** Lors de la présidentielle de 2017, les scores étaient très serrés entre Marine Le Pen (21,30 %), François Fillon (20,01 %) et Jean-Luc Mélenchon (19,58 %). Bien qu'il ait fini quatrième, Jean-Luc Mélenchon n'était qu'à 1,72 point d'une qualification au second tour, soit seulement 618 500 voix. **14.** Bien que la tradition soit de laisser les partis faire campagne, le maire peut interdire à une formation politique d'installer son stand sur le marché de sa commune. Quand ça nous arrivait, comme à Thiers, où le maire Claude Nowotny (PCF) nous avait carrément envoyé un agent de la police municipale pour nous demander de partir, on chargeait la sono dans une poussette et on restait constamment en mouvement. On contournait ainsi l'interdiction tout en respectant le cadre légal. **15.** Direction de l'information légale et administrative, « Médecine du travail pour un salarié du secteur privé », 2024 : « L'employeur doit protéger la santé et la sécurité de ses salariés. En fonction de l'effectif de l'entreprise, il doit mettre en place un service de prévention et de santé au travail dans l'entreprise ou adhérer à un tel service, appelé communément "médecine du travail". » **16.** Direction de l'information légale et administrative et ministère chargé des Finances, « Régime fiscal de la micro-entreprise », 1er juillet 2024 : « Le régime classique d'imposition de la micro-entreprise est applicable lorsque vous êtes imposé à l'impôt sur le revenu [...] si vous exercez une activité commerciale, industrielle ou artisanale, ce sera la catégorie des bénéfices industriels et commerciaux (micro-BIC) » **17.** Centre communal d'action sociale. **18.** Ministère du Travail, de la Santé et des Solidarités, « Les épiceries sociales et solidaires », 14 février 2024 : « Les épiceries sociales et solidaires participent à la lutte contre la précarité alimentaire en proposant des denrées alimentaires, et si possible des produits d'hygiène et d'entretien, contre participation financière. Elles proposent, dans des espaces aménagés comme des commerces "classiques", une aide alimentaire à un public en précarité moyennant une participation financière minime (souvent entre 10 et 30 % du prix affiché, mais parfois davantage, ou avec une adaptation des taux de participation à la situation des personnes concernées). » **19.** www.legifrance.gouv : le service public de la diffusion du droit. **20.** À l'époque quinze. André Chassaigne est élu député de cette circonscription depuis 2002.

3. Magouilles dans le marigot

1. Le nom a été modifié. En vrai, il s'appelait Jules. **2.** La charte d'Amiens, rédigée et signée par la CGT le 13 octobre 1906, est une profession de foi du syndicalisme qui préconise, entre autres choses, l'indépendance totale des syndicats vis-à-vis des partis politiques.

4. Le Che, Jaurès et Mélenchon, les messies et martyrs de la gauche radicale

1. Christopher Nolan, *The Dark Knight*, 2008. **2.** Jean-Jacques Rousseau, *Discours sur l'origine et les fondements de l'inégalité parmi les hommes*, 1755 : « Qu'il sache que l'homme est naturellement bon, qu'il le sente, qu'il juge de son prochain par lui-même ; mais qu'il voie comment la société déprave et pervertit les hommes ; qu'il trouve dans leurs préjugés la source de tous leurs vices ; qu'il soit porté à estimer chaque individu, mais qu'il méprise la multitude ; qu'il voie que tous les hommes portent à peu près le même masque, mais qu'il sache aussi qu'il y a des visages plus beaux que le masque qui les couvre. » **3.** Thomas Hobbes, *Léviathan*, 1651 : « L'homme est un loup pour l'homme », mais aussi, toujours concernant l'homme à l'état de nature : « Tout ce qui résulte d'un temps de guerre, où tout homme est l'ennemi de tout homme, résulte aussi d'un temps où les hommes vivent sans autre sécurité que celle que leur propre force et leur propre capacité d'invention leur donneront. Dans un tel état, il n'y a aucune place pour une activité laborieuse, parce que son fruit est incertain ; et par conséquent aucune culture de la terre, aucune navigation, aucun usage de marchandises importées par mer, aucune construction convenable, aucun engin pour déplacer ou soulever des choses telles qu'elles requièrent beaucoup de force ; aucune connaissance de la surface de la terre, aucune mesure du temps : pas d'arts, pas de lettres, pas de société, et, ce qui est le pire de tout, la crainte permanente, et le danger de mort violente ; et la vie de l'homme est solitaire, indigente, dégoûtante, animale et brève. » **4.** Un excellent film de Kinji Fukasaku. Si ce n'est pas fait, allez le voir ! Il est… glaçant. **5.** Quoi de plus naturel, pour les disciples d'un Staline raté ? **6.** Après sa défaite à la primaire socialiste en 2017, Manuel Valls a décidé de se détourner de la politique française pour tenter de conquérir la mairie de Barcelone en 2019. Conseiller municipal d'opposition (sa liste s'était pris une gamelle électorale avec 13,2 % des voix et 6 sièges sur 41), il décide finalement que l'insuccès de sa carrière en Espagne ne lui convient pas et tente de revenir dans le débat public français… sans grand succès. Cheh. **7.** Je triche un peu. La véritable expression est : « Ce qui se conçoit bien s'énonce clairement, / Et les mots pour le dire arrivent aisément ». Le mot est de Boileau. Quoi qu'il en soit, le proverbe est… comment dire ? Tenez : Lucia di Ciacco et Gautier Hamel de Monchenault, *Derniers résultats sur la recherche du boson de Higgs au LHC*, 2012 : « Lorsque CMS regroupe ses résultats, les excès dans les canaux $\gamma\gamma$ et ZZ se combinent pour dépasser une signification statistique de deux déviations standard au voisinage de 124 GeV. Comme pour ATLAS, ce résultat est compatible avec l'hypothèse du boson de Higgs, mais aussi avec une fluctuation positive des bruits de fond attendus. » C'est clair, non ? Pour un chercheur du CERN, sans doute. Mais pour nous, les profanes… **8.** Mais qui vole un œuf n'a pas bien faim, et qui vole un bœuf est drôlement costaud. **9.** Dont celle de Christophe Conte dans *Les Inrockuptibles*, 16 février 2016, « Cher Jean-Luc Mélenchon », qui, dans le torrent d'injures et d'insultes, se paye le luxe de faire preuve de sexisme (vulgarité compte double, je suppose que c'est pour marquer plus de points) vis-à-vis de la seule autre personne nommée dans l'article, Emmanuelle Cosse : « Finalement, le prix Nobel de l'égoïsme, c'est sûrement elle qui va l'*encadrer dans sa cuisine*, tu te contenteras pour ta part de celui du loser récidiviste. » Bon sang. Quoi qu'on pense d'elle – et je n'en pense pas moins, je ne porte pas spécialement Cosse dans mon cœur –, si ça c'est le niveau de l'argumentation proposée par *Les Inrockuptibles*... Mais ayez un peu de respect pour votre propre intelligence, je vous en supplie : cessez d'acheter ce torchon, même un brûlot comme *Valeurs actuelles* ne l'aurait pas osée, celle-là. C'est fou, mais si vous voulez lire une critique un minimum sérieuse de cette candidature spontanée de Mélenchon en 2016, je ne peux que vous recommander un article d'un journal d'obédience libérale : *Le Monde*, 10 février 2016, « Jean-Luc Mélenchon annonce sa candidature à l'élection présidentielle ». **10.** En 2017, Benoît Hamon, candidat socialiste, a comptabilisé 6,4 % des suffrages exprimés. Avec ses 19,6 % des voix, il ne manquait que 1,6 point à Jean-Luc Mélenchon pour atteindre le second tour. Cela n'a pas empêché la plupart des médias de masse d'inciter Mélenchon à retirer sa candidature au profit du socialiste que les sondages donnaient « en tête de la gauche »... **11.** En 2022, Yannick Jadot, candidat écologiste, a remporté 4,6 % des suffrages exprimés, et Fabien Roussel, candidat communiste, 2,3 %. Avec ses 22,95 %, il ne manquait que 1,2 point à Jean-Luc Mélenchon pour accéder au second tour... C'est vrai qu'il n'était, en fin de compte, pas si bien placé que ça. Peut-être aurait-il dû mettre son orgueil de côté pour laisser sa chance au candidat du PCF ? **12.** Du 26 août 2014 au 30 août 2016, sous le gouvernement Valls II, Emmanuel Macron est ministre de l'Économie, de l'Industrie et du Numérique. Il ne quitte le gouvernement que pour mieux faire oublier son bilan avant la campagne de la présidentielle 2017. Petit ajout personnel :

je ne sais pas pour vous, mais à l'époque, j'ai connu beaucoup de gens qui ont voté Macron « pour en finir avec Hollande », représenté pour eux par Benoît Hamon. Sans commentaire.

CONCLUSION : LA GAUCHE À LA DÉRIVE, ET LA DÉRIVE À GAUCHE

1. Pour en savoir plus sur l'affaire, voir Louise Couvelaire, « Burkini : pourquoi le Conseil d'État a confirmé son interdiction dans les piscines de Grenoble », *Le Monde*, 21 juin 2022 : « C'est la première fois que l'institution publique doit se prononcer dans le cadre d'un déféré laïcité, nouveauté de la loi dite "de lutte contre le séparatisme", votée en août 2021, dont l'article 5 permet aux préfets de demander la suspension de l'exécution d'un acte d'une collectivité qui porterait gravement atteinte aux principes de laïcité et de neutralité des services publics. »

NORD COMPO
multimédia

Composition et mise en pages
Nord Compo à Villeneuve-d'Ascq

Les Éditions Flammarion sont investies dans une démarche active pour l'empreinte environnementale de leurs parutions. Ainsi, le livre que vous tenez entre vos mains a été imprimé en France sur des papiers issus de forêts gérées durablement, par un imprimeur engagé dans la protection de l'environnement.

Imprimé en France par CPI en septembre 2025

Dépôt légal : octobre 2025
N° d'édition : 656686-0
N° d'impression : 185177